오빠가 돌아왔다

김영하

哥哥回来了

〔韩〕金英夏 著　薛舟 译

著作权合同登记号　图字 01-2022-4480

오빠가 돌아왔다
Copyright@2010 by Kim Young-ha
Published by arrangement with Neon Literary LLC, through The Grayhawk Agency Ltd.
Simplified Chinese language copyright © 2023 Shanghai 99 Readers' Culture Co., Ltd.
All rights reserved.

图书在版编目(CIP)数据

哥哥回来了/(韩)金英夏著;薛舟译.—北京：
人民文学出版社,2023
（短经典精选）
ISBN 978-7-02-018152-0

Ⅰ.①哥… Ⅱ.①金… ②薛… Ⅲ.①短篇小说-小说集-韩国-现代 Ⅳ.①I312.645

中国国家版本馆 CIP 数据核字(2023)第 136785 号

总 策 划	黄育海	
责任编辑	朱卫净　胡晓明	
出版发行	人民文学出版社	
社　　址	北京市朝内大街 166 号	
邮政编码	100705	
印　　制	凸版艺彩(东莞)印刷有限公司	
经　　销	全国新华书店等	
开　　本	890 毫米×1240 毫米　1/32	
印　　张	6	
字　　数	124 千字	
版　　次	2023 年 9 月北京第 1 版	
印　　次	2023 年 9 月第 1 次印刷	
书　　号	978-7-02-018152-0	
定　　价	59.00 元	

如有印装质量问题,请与本社图书销售中心调换。电话:010－65233595

SHORT CLASSICS
短经典精选

目 录

001 | 哥哥回来了
026 | 卖影子的男人
053 | 珍宝船
085 | 搬家
106 | 虽然我爱你……
132 | 你的意义
157 | 圣诞颂歌
176 | 最后的客人

哥哥回来了

　　哥哥回来了。旁边带着个丑陋的女孩子。虽然化了妆，却盖不住脸上的稚气。十七，要不十八？我猜对了。十七。才比我大三岁。看来要一起住一段时间了。哥哥脱掉尖溜溜的破皮鞋，上了板炕。进别人家哪有那么容易啊。女孩躲在哥哥背后，羞答答地发着抖。哥哥拉过女孩的胳膊，说快上来。爸爸无可奈何地盯着他们俩。"我要把你们这对狗男女……"爸爸说着，从房间里拎着棒球棍就跑了出来，朝哥哥扑了过去，瞄准哥哥的大腿内侧就是一棍子，棍子击中了哥哥的大腿根。哥哥没想到爸爸的棍子真的会抡过来，有些大意。他哎哟一声，弯下了膝盖。丑女抱着头悲鸣。但是哥哥才不会等着继续挨打呢。就在爸爸再次举棍的当儿，哥哥就像古典式摔跤选手，抱住爸爸的腰，推垮了他的重心。哥哥夺过棒球棍，毫不留情地捶打起爸爸。爸爸的背、屁股和大腿遭到毒打。他慢腾腾地在地上爬着，艰难地逃回自己的房间，把门锁上。"混蛋，竟敢打你老子？唉，有娘生没娘养的玩意儿！"爸爸的辱骂声从里间流出来。哥哥假装听不见，拉起女孩就进了自己的房间。当然，棒球棍还提在他手里。

结果在预料之中。爸爸早就不是二十出头、血气方刚的哥哥的对手了。即便如此,爸爸仍然时不时地跟哥哥较劲,当然少不得被痛打。由此看来,爸爸真是无药可救。哪怕是条狗,挨几下打也知道低头耷拉尾巴啊。所以我常常怀疑爸爸的智商可能比哈巴狗还要低。反正不管怎么说,从那天开始,哥哥带回来的女孩就在我们家住下来了。她头发染得黄黄的,指甲修剪得长长的,原来是个在乡下茶馆里端茶倒水的女人。起先也许是看我们的脸色,所以话头不多,还以为她是个哑巴。后来渐渐熟悉,她开始主动和我说话了。"叫我姐姐吧。"她递给我一个好像乞丐用的发卡想收买人心。她是不是以为我疯了,居然让我管她叫姐?从那以后,女孩的名字就没变过:"那个"。一叫"那个",就知道是在叫她。"那个,给我煮包方便面?""那个,钥匙在鞋柜上。"从来都是这样。

看来哥哥还是喜欢丑女,每天早早回家,跟女孩叮叮哐哐地在玩儿。两个人玩什么,其实我不是不知道,只是想到这是他们俩的私生活,我就不在这里说了。自从女孩来了我们家,我放在洗衣机里的内裤不翼而飞的事情就再没发生过。对我来说,这也算是个收获。他拿走妹妹的内裤干什么呢?他以为我不知道,虽说是哥哥,这样做还是让人感觉很寒心。为什么我每次都睁一只眼闭一只眼?因为不管怎么说哥哥都是我们家的顶梁柱。钱从哪儿来,钱从哥哥的口袋里来;饭从哪儿来,饭从哥哥的口袋里来。至于爸爸,尽管我不想这么说,但他的确是个饭桶。

"你只管学习。家里有我。"哥哥喜欢以这种方式说话。因为有了可以教训的对象,哥哥的脸上洋溢着得意的表情,他让我坐下,然后展开他的长篇大论,他那个样子真是好笑。每当这时,我就在心里讥笑哥哥天天偷我内裤的事。也不知道哥哥有没有觉察,他还是做出那种深沉而又滑稽的表情,唠叨个没完没了。反正哥哥比爸爸让人感觉舒服点儿,怎么着我也是他唯一的妹妹,他方方面面都照顾着我,所以我就忍住了。至于爸爸,我真是话都懒得跟他说。如果说哥哥是欲望正盛的年纪,这样做还可以理解,爸爸都年过花甲了,他干吗要这样呢?我的校服明明放在衣柜里,怎么会出现在爸爸的床上?爸爸到底想干什么啊?这是展现给十四岁女儿的样子吗?我越想越激动,希望你们能理解。这种事要让你们碰上,恐怕还不一定能像我这样泰然处之呢。

但是哥哥并不像我这么宽容,他动不动就龇牙咧嘴,因为没能生吃爸爸而焦躁不安。当然,大部分错误都在爸爸。比如女孩来我们家第二天的事情就是这样。爸爸被哥哥用棒球棍打了好几下,这样的行为让他颜面扫地。当然在爸爸身上指望什么老成持重,那也是大错特错。最先挥舞大棍子的人不正是爸爸吗?

于是,第二天出事了。那天,哥哥像往常一样早早下班,擦擦脚就到房间里和女孩嘻嘻哈哈起来。表面看来,这是个和平的夜晚。不知道是谁在外面咣咣咣地敲门,打破了和平。很可能发生了什么急事,要不就是警察来了。警察造访我们家那也是家常便饭了。虽然主要是因为爸爸,但是跟哥哥有关的时候也不少。辖区派出所的几个巡警我们都认识了。打开门一看,外面的叔叔们却是第一次见面。一位身穿制服的警察,还有一位稍微显老的便衣警察。

"李京植在家吗?"

便衣警察问。我点了点头。

"他是你哥哥？"

我说是的。我朝着哥哥和女孩所在的房间大叫："哥哥。"哥哥手提裤腰走上板炕。女孩探头探脑地观察着情况。

"李京植？"

便衣警察问。哥哥连忙说是。警察叫女孩也出来。

"什么事啊？"哥哥问。

老警察眼睛瞟着走出房间的女孩，回答说：

"我们接到报案，说你是青少年性交易犯。"

哥哥不由得皱起了眉头。

"什么？你以为这是援交？你见过二十岁的男人跟十七岁的女人搞援交吗？要出钱那才叫援交呢。我干吗花钱跟她睡觉啊？疯了，我！"

警察挠了挠头。

"那就是强行诱拐未成年人。你是不是想把这个女孩卖到茶馆里去？废话少说，跟我们走一趟。"

哥哥歪着头，正要乖乖地跟出去，突然若有所思地盯住警察，问道：

"谁报的案？"

警察无动于衷，没有回答。哥哥仿佛感觉到了什么，来到爸爸房前，敲起门来。门从里边反锁了。头脑愚蠢的爸爸一锁门，反而暴露了自己报案的事实。

"快把这小子抓走啊，这个混账王八蛋。"

爸爸在门那边抓住门环,高声嚷嚷。结果,哥哥和女孩半夜三更被带到警察署,挨了好一顿痛骂。援交,或者青少年性交易,都说不过去,因为中间没有钱财往来。强行诱拐青少年,罪名也不成立,因为他们两个是协议同居。即便如此,哥哥和女孩还是被警察折磨了将近一个通宵,才得以回家。哥哥一回家,就拎起小斧子冲向爸爸的房间。门锁着,他就用斧子砍。后来房门被砍了个大洞,都能看得见房间里边的情景了。爸爸当然不会坐视不动。他正举着行军床的床腿,在床上恭候哥哥。哥哥冲进房间的刹那间,爸爸连声怪叫着猛扑过来。这次又是哥哥赢了。他三下五除二就制服了爸爸,还将房间里的角角落落收拾了个底朝天。再没有比这更糟乱不堪的地方了。哥哥撒完了气出来,爸爸对着哥哥的后脑勺破口大骂:

"天哪,你这个畜生!"

哥哥扑哧笑了,径直走回了自己的房间。那爸爸觉得自己是个什么东西呢?反正不管怎么说,白天哥哥不在家的时候,爸爸就常常让我端正坐好,翻来覆去地痛骂哥哥。爸爸说军队也好,教导所也好,应该把哥哥送到这种有围墙的地方,让他学学怎么做人。至于爸爸会不会真的那样,哥哥从来不在意。这种事又不是一天两天了,即使哥哥有所反应,爸爸也不能改变什么。

哥哥快回来的时候,女孩就会准备好晚饭。爸爸偶尔也能吃到饭。女孩把我的饭也准备好了。她的厨艺真是一塌糊涂。

"你们家可真厉害。"

女孩欣赏完爸爸和哥哥的搏斗,逃到正在厨房吃萝卜盖饭的我身边，对我这样说道。

"废物，这么一点小事情，你竟然怕成这样！"

听到我的嘲笑，女孩恼羞成怒，高高举起了拳头。

"你这个小东西，真是！"

我本想跟她决战一场，转念一想刺她两句就算了。

"我是看在哥哥的面子上才忍下来的。也不看看你自己每天晚上气喘吁吁的熊样，还说这种大话。"

女孩哭笑不得地张大了嘴巴。我朝她吐了吐舌头，转身钻进自己的房间。打架这东西，必须首先把敌人的气焰打下去。这么早尝到了男人的滋味，看见哥哥就直流哈喇子，就这样还有脸掺和别人家的事情，竟然还煞有介事地装什么姐姐。尽管如此，哥哥的脸还是灿烂了起来，看来真是托了这个臭丫头的福。近来爸爸和哥哥之间突然沉寂了下来，一定是臭丫头消解了哥哥旺盛的性欲。反正男人这东西，解决不了这个问题，就会无精打采。每当此时，要么打架，要么耍酒疯，两者必居其一。

十六岁之前，哥哥都是在爸爸的拳打脚踢中长大的，那可是往死里打。想想爸爸对哥哥所做的勾当，大家能够一块儿活下来也真是幸运。先把哥哥尽情殴打一顿，如果仍不解气，爸爸就把哥哥扒得溜光，让他站在屋外。烂醉如泥的爸爸很快就把罚站的事抛到九霄云外，经常栽倒在地，酣然入睡。我准备好衣物来到外面，看见只穿一条内裤的哥哥正在瑟瑟发抖，嘴里不停地骂着爸爸："混蛋，什么玩意儿，你等着。"哥哥刚到十六岁，预言就变成了现实。醉眼蒙眬的爸爸猛扑上来，哥哥以拳头迎面痛击，将爸爸打倒在地，再用草绳紧紧捆住,然后离家出走了。爸爸被绳子捆着,嘴里念念有词地诅咒着儿子,突然横下里跌倒,睡着了。其后四年,哥哥一次也没回过家。二十岁一到,也就是今年年初,他像占领军一样堂堂正正地进城了。"兔崽子,你从哪儿爬出来的?"爸爸边骂边往上冲,哥哥只一踹,爸爸就被踢翻了。从此以后,哥哥就是家法。

　　如果一定要有人掌握权力,哥哥自然要比爸爸强。凡是作为父亲应该具备的一切,爸爸都没有,他简直就是个坏爸爸综合套装。在我看来,要成为好父母,不,哪怕只是平凡的父母,必须具备两点:第一,有钱。作为父母,必须拿得出最低限度的钱。买校服的钱、买学习用品的钱、买零食的钱,等等。可是这个人连这最低限度的钱都拿不出来。岂止是拿不出来,就连儿子挣来的钱他都盯得很紧,时不时地盘剥。第二,有说得过去的职业。关于这一点,我希望大家不要误会,我没有瞧不起某些特定职业的意思。其实,我所谓的说得过去是指诚心诚意、热情而努力(哇,我竟然说出这种话来!)地达到工作所要求的一切。所以,即使我爸爸在百货商店门前擦皮鞋,我也会觉得光明正大;即使我爸爸拉人力车或者收废纸,我也会觉得堂堂正正。然而爸爸是个告密者,这就有点儿让人难为情了。是啊,爸爸是个专业告密者。每逢中秋或春节这样的大节,洞事务所的人甚至提着礼品来我们家走访。有个叫朴主事的公务员负责对接爸爸,他手里提着十公斤装的米袋子或新年礼品盒之类的东西,面带卑屈地来敲我们家的门。难道这个朴主事就没一点儿自尊?之所以对爸爸这样的下三滥点头哈腰,无非是因为爸爸每年都要请愿数百次,说他是"民怨加工厂"毫不过分。什么停车区的划线，什么施工现场的粉尘，什么公务员对待诉讼者的态度，以及区厅宣传材料中出现的漏字、错字，甚至区厅长专用汽车的款式和年限等，无不被他当成问题。爸爸简直是地方自治制度孕育出来的新型人种。于是每逢年节或者选举前夕，朴主事卑躬屈膝地前来看望爸爸也就可以理解了。每当这个时候，爸爸便让朴主事坐下，针对国家的政治现状和地方自治制度的走向发表长篇大论。不过，朴主事好像听得并不怎么认真。朴主事只是担心如果不这样，说不定爸爸就会跑到青瓦台或政府综合办公楼的请愿室待上个十天半月，而不是一天两天，所以他只好边打瞌睡边听。

"我这个人吧，总觉得差不多就行了，说得过去就算了。可是我眼睛看见了，你叫我怎么办？不正当的事情总在眼前出现，不合理的现象时有发生。这片土地上的人民却都像睁眼瞎，什么事情都一无所知，就那么浑浑噩噩。我认为国家应该站出来纠正一切。要不然我为什么冒着严冬寒雪制作这些文件，自己掏腰包复印，又进呈给要害部门？上梁不正下梁歪，要想政治清明，就必须做到源头清明。嗯，跟我们平头百姓直接打交道的对民接触部门的公务员，必须撤换。我说得对不对？"

最近出现了一种单人示威的新请愿方式，爸爸兴奋不已，差点儿没开心死。他动不动就把自己变成三明治式广告宣传员，频繁出现于政府综合办公楼前。区政府和洞事务所的人几乎被他烦死了。爸爸自诩为体现社会正义的市民精神的总和，而我作为他的女儿，却因为他是个职业性的酒精中毒者而尴尬。我倒宁愿他在火车站或者别的什么地方露宿街头，就当他不存在，我和哥哥也能相安无事地生活。可是爸爸在咽气之前也许会一直待在这个家里,就在他那间没有了门板的房间里折磨我们。当然,他会毫不犹豫地揭发自己的儿子,往自己的脸上抹灰,我也只能继续忍受。

到底为什么爸爸要生下哥哥和我呢?或者,这个问题是不是应该找妈妈去问?为什么生下我和哥哥又这么不负责任地弃之不管呢?几天之前,我忽然想去妈妈经营的锅伙房①找她问个明白。结果没有答案,却有个勺子扑面飞来。

"死妮子,烦不烦啊,你?从一开始我就倒霉透了。我把你生下来,你就应该知道感激,好好过你的日子。为了生你个死妮子,我底下差点儿没漏。你这个死妮子竟然跑过来问为什么生你?找你那个了不起的爹去问吧,找那个人渣,那个猪狗不如的东西去问吧!"

即便如此,妈妈也比爸爸有人情味,一顿破口大骂之后,她还是用菜汤泡了点儿饭给我吃。

"吃吧,臭妮子。你哥哥怎么连个面儿也不露?"

"哥哥在忙生计。他拉着一个小丫头的手进了我们家,就不走了。嘴差点儿没咧到耳朵根。"

"你爸在干什么?"

"他还能干什么呀?让哥哥痛打一顿,哼都不敢哼一声。偶尔能吃顿饱饭。等着看吧,你儿媳妇的威风没几天就来了。"

"真是!"

---

① 工人、小贩等临时共同食宿的地方。

妈妈好像真的生气了。她把勺子扔进汤桶,脱下围裙甩在地上。正在这时有几个建筑工人进来点了汤泡饭。妈妈充耳不闻,径直走出了锅伙房。

"生意怎么办?"

"不是还有允贞她妈妈吗?"

"去哪儿?"

"听说来了个狐狸精要做我儿媳妇,我是不是应该去看看她?"

"什么儿媳妇?还不是个狗混子!"

"管她什么狗混子、牛混子!"

这可真是大事不妙。我们家的食物链就是这样。哥哥克爸爸,爸爸克妈妈,然后妈妈又能克哥哥。我?我是拇指公主。因为我太微不足道了,谁都懒得来赢我。战争总在他们三个之间展开。不管怎么说,妈妈出马了,这对哥哥来说绝不是什么好消息。对妈妈来说,哥哥软弱得很,哥哥带回的小丫头更不算什么。

看着妈妈匆忙离开,我抓住她的袖口。

"你都离婚出去了,为什么还要进出我们家?"

"你以为我愿意出去啊?"

"那我们就把爸爸赶走,妈妈还是回来住吧。"

妈妈缄口不语,好像生气了,用力跺着地板。我像个撒娇的孩子纠缠着妈妈:

"嗯,那就这样吧。赶走爸爸,我们一块儿过。"

"那你爸爸呢?把他送到首尔火车站?"

"就算到了火车站,他还可以揭发铁道厅,照样吃香的喝辣的。

天哪，妈妈吃在锅伙房，睡在锅伙房，不会一直是为爸爸着想吧？妈妈，你是烈女啊，要不就是傻瓜。"

"你爸爸这人，你不觉得他这辈子很可怜吗？"

"可怜人多了，我们不可怜吗？"

"死妮子，今天怎么这么刁蛮？灰都进来了，要么闭嘴跟我走，要么你走你的。"

妈妈猛地推开将近倒塌的大门，宛如清晨离开家门的人一样大模大样地回家（仔细想想，我们这家人虽然都没什么本事，但在回家的时候都是昂首挺胸的）。妈妈把她那双后跟几乎磨平的拖鞋脱在玄关，然后上了板炕。女孩正在切葱，这时候忽然停下来，心惊胆战地注视着贸然冲进来的妈妈。

一触即发！两个女人之间流淌着尴尬的紧张。一把菜刀提在女孩的右手上，显得格外刺眼。看来无论如何我都要站出来了。

"快打招呼，这是我妈。你先把菜刀放下！"

女孩这才放下菜刀站起来，点头行礼，缺乏营养的乱蓬蓬的染发垂到了额头。

"你几岁了？"

女孩没有立刻回答，犹豫了一会儿才说道：

"我十七岁了，妈妈。"

"你先待会儿。"

好长时间，妈妈对着女孩虎视眈眈。

"你，跟我过来。"

女孩仍在察言观色，妈妈又催促道：

"麻利点儿。"

女孩上身只披了件开襟羊毛衫,跟随妈妈出去了。我对着女孩的后脑勺小声嘀咕:

"这回你死定了。"

妈妈拉着葱味尚未散尽的女孩的手腕出了大门。女孩真的被妈妈拉走了。看着她的样子,我有些放心不下。这个无家可归的人,我的内裤不再不翼而飞,偶尔她还给我煮方便面,她出身茶馆所以咖啡煮得很好①,而且更重要的是她是我的饭碗……我推开窗户,俯视着艰难挤进复式住宅区的胡同,没有发现妈妈和女孩的影子。到底干什么去了呢?不得而知。那天也不知道爸爸又到哪儿请愿去了,一天不见人影。我无事可做,为了打发时间,就在地板上构思起我的新设计来。

夜幕降临,哥哥回来了。他进门就在到处找那女孩,没有人影,便向我投来充满疑惑的目光。

"妈妈来把她带走了。"

"什么时候?"

"刚才。"

哥哥把皮包扔下,抬脚就出去了。在大门口,哥哥和爸爸撞了个正着,然而两个人谁也不打招呼,各走各路。哥哥好像要去妈妈的锅伙房。我只当是看看热闹,就尾随在哥哥身后,也跟着跑到了锅伙房。喀嚓——哥哥推开赛璐珞薄膜呼扇着的门走进去。妈妈正

---

① 韩国一些茶馆也兼做咖啡。

往汤桶里扔洋葱。

"你们兄妹来干什么？"

"素妍去哪儿了？"

"素妍是谁？"

"妈妈刚才不是把她带走了吗？"

哥哥好像以为妈妈把女孩扔进汤桶里煮了，脸色阴沉地注视着妈妈。妈妈也是，好像她真把女孩塞进了汤桶里似的，漫不经心地盯着汤桶。

"浑小子，是不是想把你妈吃了？混账。臭丫头又不是没长脚，自己不知道走吗？干吗对我吹胡子瞪眼啊？你什么眼光啊，从哪儿勾搭回那么个丑陋的女子？就你那熊样也敢跑来撒野，嗯？混蛋！"

哥哥几乎哭出来了。他还想再说句什么，忽然间门开了，女孩走了进来。女孩看见哥哥和我，顿时一脸茫然，一副大惑不解的样子。

"怎么啦？"

我们同样是迷惑不已。就在这段时间，女孩的衣服已经换了。刚被妈妈抓住手腕拉走那会儿的软绵绵的开襟羊毛衫已经不见了，换成了颇像那么回事的套头衫。看看衣服上的毛，就知道是个新东西。来自东大门市场的污秽不堪的牛仔裤不见了，换成了相当不错的格子花纹裙。这样一来，女孩活像个家庭条件优越的高中生。

"你穿的那是什么衣服呀？"

我扯着女孩套头衫的袖子这么一问，妈妈的长勺子就落上了我的头顶。

"死妮子,人家比你大三岁呢。这可是你哥哥的屋里人,还不快叫姐姐。"

"什么姐姐啊!"

就在我撇嘴的当儿,勺子二度飞来。

"穿也穿过了,快去换下来吧。"

"是。"

女孩去了卫生间。哥哥疑惑难耐,便问妈妈。

"妈妈,这到底是怎么回事?"

"待在家里干什么?我叫她到这儿顺便帮我做点儿事,至于工钱,我会看着给的。怎么了,担心没人给你做饭?你就不能到这儿来吃?"

"睡觉呢?"

站在哥哥的立场,也许这才是最为切实的问题。怎能让自己心爱的同居女子在一个黑乎乎的民工们进进出出的厨房里睡觉呢?

"你这小兔崽子,我领着她你还有什么不放心的。到点我给你送回去,不用担心。你就只管挣钱吧。"

"知道了。"

哥哥终于放下心来,笑着转身要走。

"还有。"

哥哥想要出去,却被妈妈揪住了脖颈。哥哥站住了。

"怎么?"

"妈妈也要回去,今天。"

这次我也惊呆了。

"什么？"

"听说妈妈要回去就不高兴了？你们这些死东西，冤家！就算你们不高兴，我也要回去。"

"在哪儿睡觉啊？"

"死妮子，当然是跟你睡了，还能跟谁睡？"

好日子结束了。妈妈说要进我的房间，那我的私生活怎么办？如果我稍稍流露出半点儿哭相，妈妈的长勺子肯定还会飞过来，所以我猛然转身，走出了锅伙房。我用力踢飞了一块小石头。天哪，不是过得好好的嘛，为什么非要回这个快要被挤破的家呢？如果真的回来了，她与爸爸之间那令人厌烦的战争不是又要重新开始了吗？啊，想想都觉得恐怖。当然了，现在哥哥的权威已经树立起来了，爸爸再也不能像从前那样暴跳如雷了。

诚如妈妈所言，到了晚上，她就夹着个包袱回家了。阔别五年之后的回归。这次轮到爸爸栽跟头了。妈妈看都不看爸爸那边，像个被俘虏的游击队长似的，悲壮地说道：

"你们最好都别插嘴。"

"都在一个屋檐下，这可怎么过呀？"

"不愿过可以出去。"

哥哥瞪着眼睛站在旁边。那时候他们两个之间的心理较量已经结束了。妈妈把行李放在我的房间，然后打开了电视。看爸爸的脸色，他好像正为妈妈回来而暗自高兴。说来也是，自从妈妈走后，爸爸就几乎没怎么接近过女人。妈妈不管怎么说还有个锅伙房，能够时不时地对这个或那个男人投怀送抱。像爸爸这样身无分文的告密者，谁会正眼瞧他啊。于是，半夜十一点左右，爸爸过来叫我。

"你不想找个地方出去玩吗？"

"深更半夜的，你让我上哪儿玩啊？"

"那你能不能让你妈到我房间来睡？"

"说了也是白说。"

"你说说嘛。"

我向妈妈转达了爸爸的意思。妈妈"哼"的一声冷笑，调高了电视的音量。

"不过去看看？爸爸可是饿了好久了。"

立刻就有栗子飞来。

"小小年纪，怎么什么话都敢说？"

"人家说的是事实嘛。"

"你睡不睡？"

"当然睡了。"

我拉过被子，直到盖住眉梢。正当我胡思乱想翻来覆去的时候，我听见妈妈打开房门出去的声音，很快又响起了唧唧咕咕的说话声，然后是沉闷而激烈的呻吟通过地板传来。今后我就要忍受这立体声的侵扰了。哥哥的房间里也流动着低低的猫叫声。成为大人其实很简单。首先需要培养足以镇压父母的力量，然后找个伴儿，杀回家中。于是一切就好了。要是我也能在眨眼之间变成大人就好了。安徒生童话里的拇指公主被丑陋的癞蛤蟆母子绑架，历尽漂泊，终于碰到了与她同样大小的王子，从此过上幸福的生活，于是拇指公主得到了新名字。"像你这样美丽的女子，拇指公主这样的名字怎么配得上你呢，从今往后我要叫你玛娅。"多美啊！以后我的名字也要叫玛娅。如果有一天我的另一半出现在面前，我一定命令他叫我玛娅。京善这个土里土气的名字算什么，只有玛娅才够格。

妈妈回家一周后的星期天。早晨起来，我看见妈妈和女孩正在做紫菜包饭。有生以来，我还是第一次看见这样的场面。这不是电视剧里的场景吗？现实中竟然也有这样的事？我揉着眼睛走上板炕。

"这是干什么呀？叫人看见，还以为是亲热的婆婆和媳妇呢。"

"死妮子，还有谁能看见。你也别在那儿傻了吧唧地站着，过来帮着切萝卜。"

"都切好了，那不是？"

我掂起一根黄瓜洗了洗，眼睛扫视着板炕。

"那个，昨天晚上妈妈在哪儿睡的觉啊？我醒过来一看，人不见了。"

女孩隐隐约约地挑起嘴角，笑了。

"臭丫头，先去把牙刷干净，再来说话！"

嘻，我噘着嘴去了卫生间，但爸爸在里面。

"我马上拉完了，稍等一会儿。"

唉，指望这个癞蛤蟆说出美丽的语言，那可真是不能随便期待的奢侈。我蹲坐在卫生间前面。爸爸提着裤腰走出来。我敏捷地钻进卫生间，刷牙、洗脸，出来以后发现哥哥已经站在板炕上了。

"哥哥，星期天还起这么早？"

哥哥立即说道：

"你也去吧。"

"什么？"

我之所以没问"哪儿"，而问"什么"，是因为"你也去吧"这话对我来说实在太生疏了。我们家也不是产生"你也去吧"这类说法的地方。可以这么说，副词"也"和词尾"吧"在我们家属于那种很难发现的死语或废词。

"我们决定去郊游。"

好像哥哥自己也感觉没多大意思，边说边抖掉了落在肩膀上的头皮屑。

"郊游？都去？"

如此说来，酒疯子兼告密者爸爸、动辄殴打爸爸的宅配公司的职员儿子、儿子的未成年同居女孩、在综合办公大楼的施工工地开锅伙房的妈妈，最后是个初中一年级的少女，她的校服让爸爸垂涎欲滴。就是这样一家人，他们要去郊游了。

"我不去。"

嘴里咔哧咔哧地嚼着黄瓜，我倏地钻进自己的房间。妈妈跟在我身后也进来了。

"死妮子，你是不是讨厌妈妈回来？妈妈在锅伙房里煤气中毒死了才好，是不是，臭丫头？嗯？"

"妈妈回来就回来，谁说什么了？我只是讨厌郊游。跟爸爸去郊游，到底有什么好玩？逮着酒就狂灌，灌完了就胡作非为，到头来还不是打人。"

"现在哥哥已经长大了,爸爸不会再像从前那样了。"

"反正我就是讨厌。"

不过,我还是被强行拉去郊游了。妈妈大张旗鼓地张罗着,如果这次郊游不能成行,妈妈仿佛要将世界掀翻似的。肉要烤,练歌房要去,相片当然也要照。所谓家庭,恐怕就是这个样子吧。五年不露面、躲在锅伙房里给民工做饭的妈妈突然没头没脑地闯进来,执意要搞什么郊游。既然那么喜欢自己的家庭,为什么还要把那样的生活坚持到现在,怎么也得给个理由吧。每到夜深人静就悄无声息地溜出去,扑进爸爸的怀抱,她的头脑是不是有问题啊?我很担心:哥哥野心勃勃,他想趁着这次郊游的机会,不动声色地把自己的同居女孩编入我们的家庭(如果家庭这东西确实存在);爸爸暂时对妈妈言听计从,妈妈想做什么,就让她做什么;对于哥哥想做的事,那个通晓男人的女孩断无反对之理。

于是,郊游就这么决定了。我们各自尽可能地做好了准备,然后在玄关前集合。妈妈穿的是在中国少数民族的庆典上经常看到的土气的金达莱色韩服,爸爸穿的是进出政府综合办公楼请愿室时常穿的那件西服,哥哥穿的是站在饭店门口拉客时穿过的分不出西装还是校服的衣服,女孩则穿起了昨天妈妈买给她的套头衫和裙子。妈妈非要让我穿校服。一番唇枪舌剑之后,我们终于达成了一致,牛仔裤配夹克衫。一家人的熊样活像马戏团的街头宣传队。

我们坐上了哥哥驾驶的宅配公司的送货车。真倒霉,这辆送货车的货厢里没有窗户。

"我们大家轮流坐副驾驶席吧。"

爸爸最先坐上了副驾驶席。我们则坐进了黑漆漆的货厢。真巧,货厢里全是女人。只有沉默在流淌。妈妈率先说话,打破了沉默。

"等我以后攒够了钱,就给你们举行婚礼。京植这孩子就是爱动手,其实他还是很善良的。"

"婚礼就不用了。什么时候给我们照照相吧。"

"长得不怎么样,还照什么相啊。"

我的反驳刚刚出口,妈妈就像下地抓田鼠似的,打了我的脑袋一下。

"不是让你叫姐姐吗?"

"我不愿意。"

"没关系,妈妈。"

女孩在惺惺作态。呜呼,得到漂亮的套头衫和裙子,差点儿没把她高兴死。可恶!我瞄准女孩两脚所在的地方,用力踢去,正中要害,女孩连声呻吟。她那忍气吞声的模样真让人欣慰。我再次用脚去踹她的脚背。这一次她没有坐以待毙,而是过来掐我的肋下,痛到我的眼泪差点儿流了出来。我怎么挨的掐,我就怎么去掐她。她也毫不示弱,使劲拧我的大腿和肚皮,疼得我眼泪倏地涌了出来。还想再试试吗?我揪住她,把她耳朵下面的头发抓下来一大把。我的发卡和发卡附近的头发也被她蠢笨而粗暴的手拔走了。仿佛匆忙中咽下了小豆刨冰,我只感觉脑袋里嗡嗡叫。直到这时,妈妈才明白怎么回事,连忙跑了过来。

"你们俩这是干什么?"

然而我们两个早已是难分难解。我们紧紧纠缠,就像两条正在交尾的蛇。

"还不撒手?"

尽管妈妈在努力拉架,却显得心有余而力不足。正在此时,货车来了个右转弯。我们双双滚倒在地。女孩像牲畜一样喊叫,仔细听来,那不是喊叫,而是嘤嘤的哭泣声。

"为什么这样对我?我到底做错什么了?嘤嘤。我明明没做错什么,为什么还要这样对我?我多么,我多么,嘤嘤,多么胆怯,多么恐惧啊。你们都觉得这是自己的家,所以趾高气扬,所以目空一切,所以鄙视我,瞧不起我。嘤嘤。"

这个没出息的臭婊子,哭什么哭。谁让你进我们家的?我丢下女孩站起来,敲了敲驾驶席旁边的隔板。

"停车!"

驾驶席上的哥哥好像没有听见,车还在继续奔跑。女孩仍在嘤嘤啜泣,妈妈在梆梆地拍打她的后背。锅伙房老板和她的服务员,配合得可真是天衣无缝。我心里很不舒服,一个人待在货厢的角落里。就是这样的混账家庭,竟然还要什么郊游呢。

不久就到了休息地,我和坐在副驾驶席上的爸爸交换了位置。现在,我坐上了副驾驶席,爸爸去了货厢。货厢里黑黢黢一片,不知道爸爸会不会胡乱摸索?爸爸这种人什么事情都能做得出来。然而,哥哥仍然笑嘻嘻的,也不知道他是心里有数还是在装糊涂。

"我们去哪儿?"

"南怡岛。"

"那我们是去大海吗?"

"不,那是个江心岛。"

"好玩吗?"

"我也没去过,不知道。"

"哥哥,那个女的可真难缠。"

"为什么?"

"我掐了她两下,她就哭了。"

哥哥的表情变得有点儿僵硬。

"你为什么要掐姐姐?"

"你们总让我管她叫姐。"

"让你叫你就叫呗。"

"讨厌。"

"那我就不送你上学了,也不给你买衣服了。"

真是太卑鄙了!动不动就提钱。我带着抗议的神情闭上了嘴巴,静静地坐在那儿。小货车默默地奔驰在京春国道上。景色很美。天空中万里无云,平原染得一片金黄,预告秋天已经到来。

一到目的地,哥哥就停车打开货厢。突然进入强光,好像有些刺眼,三个人手搭凉棚,遮住阳光,下车了。

"就这儿?"

爸爸把眼睛睁开一道缝,环视江边。

"需要从这里乘船进去。"

爸爸那带痰的唾沫多得让人嫌恶,他边吐边说道:

"什么船不船的,这儿就不错。难道没有辣汤铺之类的地方?

嗨,那边就有一家,鳜鱼鲫鱼辣子汤。这样的天气,喝着热腾腾的辣汤,再来杯烧酒,那真是最好不过了。"

身为酒精中毒者的爸爸想起酒来就心驰神往。这样想着的时候,他可以忍受一切,甚至不拒绝坐在货厢里到达这儿。我和妈妈也不觉得有什么地方需要我们乘船前往,所以我们就钻进了简陋破旧的鳜鱼鲫鱼辣汤铺。过季的江边,客人自然是以稀为贵,店老板面露喜色。

"我多放了一条鱼在里面。"

老板端来了辣汤,脸上光彩奕奕。

"再多放点儿面片儿。"

哥哥嘱咐道。

"好,好,知道了。面片儿要多少有多少。"

此时此刻,老板好像已经猜出谁是付钱的人了。其实只要观察五分钟,谁都能看得出来。老板又拿来了一些土豆面片儿放进汤里。眼睛哭得红肿的女孩好像碰上了什么美食佳肴,尽管鼻涕横流,还是慌里慌张地忙着把辣菜汤往嘴里灌。反正她的来路也让人觉得可疑。然而就是这样一个女孩,哥哥却以恻隐的目光注视着她。妈妈挑起一片肉,放在哥哥的勺子上。没有人给爸爸倒酒,他只好自斟自饮,眨眼间就喝光了两瓶。谈话若有若无,人人只说自己的事。话头一旦被打断,大家便埋头喝汤。

"妈妈,你准备复婚吗?"

除了我,没人敢说这样的话,这应该是我们家的不幸。我讨厌那些不声不响、做事偷偷摸摸的人。妈妈抢过爸爸手上的酒瓶,往

023

自己面前的酒杯里倒满了酒,剩下的倒给了哥哥。然后,妈妈举起酒杯,这样说道:

"复婚就免了,为啥呢?因为我不能把自己干锅伙房挣的血汗钱白白交给你爸爸。不过……"

妈妈跟哥哥碰了碰杯,继续说道:

"日子倒是可以一块儿过,为啥?"

说话大喘气是妈妈的习惯,只是这次喘得有点儿久了。突然,妈妈好像有些不好意思似的,扑哧一声笑了。

"其实有什么为啥不为啥的。你们太可怜了,怎么说也是我的孩子呢。"

妈妈抚摩着坐在旁边的我的脑袋说道。但是我隐约知道妈妈的真心话到底是什么。不言而喻嘛,还不是思念男人的怀抱。哼!

不管妈妈说什么,爸爸只顾热火朝天地痛饮面前的烧酒,终于在辣汤铺里蹬了腿。哥哥把爸爸放平躺好,领着女孩到江边散步去了。我和妈妈坐在饭桌前,把鲜鱼的眼珠据为己有,打发着时间。

"好玩吗?"

妈妈剔着鱼骨问我。

"什么好不好的?无聊。"

"哎哟,你这个混账。"

妈妈打了一下我的脑袋,然后到外面把哥哥叫回来,又把爸爸装进货厢。哥哥很豪爽地从钱包里掏出四张万元[①]大钞来结账。女

---

① 书中未指明的货币均为韩元。

孩站在一旁，面带自豪地仰望着哥哥。我们都上了车，店老板带着老伴儿一直送到路边，挥手向我们道别。这一点倒让我挺满意的。

在回首尔的路上，哥哥在某女高门前停下车来。他让我们都下车，说是拍什么纪念照。在哪儿？哥哥指了指贴纸照相亭。妈妈脸大，而且站在最前面，照出来脸就像个轮胎。哥哥和女孩站在最后面，活像两个二愣子。我照得还算漂亮，女孩却说我是沾了照明的光。蠢货，难道灯光只照到我身上了？

那么，爸爸呢？爸爸一直没醒酒，待在货厢里不肯下车。我们把爸爸拉回家，卸到他那间门板破碎的房间。哥哥和女孩进了自己的房间。妈妈说要准备第二天的早饭，回她的锅伙房了。我待在自己的房间里，后悔吃多了鱼眼。唉，那玩意儿可是猫食啊。哦，对了，超市大妈说她们家的母猫生了五只猫崽子，要送我一只。明天我要撇开所有的事情，去把那只猫领回来。喂，咪咪，再等一天，姐姐就去接你了。

卖影子的男人

　　小时候，谁都会有这样的疑惑：星光来自哪里？我出生之前，不，我的奶奶的奶奶的奶奶出生之前应该就有星光了吧。那么星星距离地球究竟有多远呢？少年的疑惑没有答案，打开手电筒，瞄准星星。这道光芒会抵达星星吗？我死后，我的孙子死后，孙子的孙子也死之后……当然，这样的假设有些荒诞。那么微弱的光不可能飞过数万光年，继续闪烁。再强烈的光也会消失得了无痕迹。这就是宇宙！

　　还有个愚蠢的疑惑：苍穹之上的鸟也有影子吗？那么小那么轻的鸟，怎么会有像影子那样累赘的东西呢？鸟又的确有影子。如果你观察飞翔的鸟群，偶尔，很偶尔会看到黑暗掠过，转瞬即逝。如果不是聚精会神，十之八九就错过了。月亮遮住太阳叫日食，那么鸟遮住太阳的现象又叫什么呢？我当然不知道。我想说的是，偶尔会有鸟影遮挡太阳的事。

　　从直升飞机上往下看，可以清楚地看到飞翔的东西也有影子。犹如黑地毯一样的形体翻滚波动，顽固地贴在地表。影子绝对不会放过挡在光源和自身之间的物体。如果挡住了光，后面就会出现影子。我总是在两者之间。

受惊于自己的影子的胆怯小孩转眼长大,成了小说家,通过写作赚钱糊口。早晨起床读早报,给自己做饭,开窗换气,听听过时的音乐。前不久搬到隔壁的老人让我用绿茶泡饭。沏好茶水,倒在米饭上面,最好再配上像腌黄瓜这样既不太咸也不太辣的小菜。适合胃口不好、独自吃饭的时候。吃完简单的早餐,再往茶壶里倒入热水重新泡茶。像禅僧的斋饭,干脆利落。这样的早晨也有微微动心的事,比如大学时代的恋人上了报纸,说什么大学生活暗淡无光之类的话。

走进院子,围墙下的映山红被迟到的寒意逼得蜷缩成团。一排排插在墙头的酒瓶碎片今天也显得格外狼狈。墙壁和围墙之间堆放着废轮胎、空花盆和泡沫箱子,上面覆盖着雪。真应该收拾干净,好好打扫,不过那也要等到春天。院子角落的帐篷下面,一台旧自行车像避雨的姑娘,姿态尖锐地站在那儿。我拿出自行车,拍了拍车座上的灰尘,推到大门外,踩着踏板前行。冷风抽打脸颊,二月底了,春天还没有来。

我推开供应站的门进去,捆报纸和传单的绳子乱七八糟地散落在里面。供应站的中年女人打开推拉门往外看,被子挂在腰间。看来是睡着了。

"我不想再看报纸了。"

吵醒了她,我很抱歉,不过很久以前我就下定了决心,想摆脱每天的坏心情。如果从清早就心乱如麻,一天的时光就白白浪费了。作家的生活就是这样。不知从什么时候开始,报纸几乎都变成了早报。早晨看报纸，晚上看电视新闻，这是大部分人的生活。

"地址是……"

没想到供应站的女人爽快地接受了我停止订阅的请求。

"34-2号，幸福超市旁边的红砖房。"

女人翻了翻账簿，说我没有享受加赠服务，只要交齐订阅费就可以了。我从钱包里拿出一万二千元，递给女人，接过收据。还没等我出门，女人就把被子拉到脖子，关上了门。如果知道这么简单，我早就来了。人人都说取消订阅不容易，弄得我犹豫到现在。然后，我骑着自行车去了商街，把洋葱、咖喱粉、土豆和包装好的鸡胸肉放进车筐，然后就回家了。不知从哪里传来了麻酥酥的腥味，我停下自行车，抽着鼻子到处闻，不是我身上的味。正好听到一阵沙沙声，我转头看去，一条毛茸茸、脏兮兮的狗正在厨余垃圾桶旁眨眼睛。我继续踩起了脚踏板。

回到家，切好鸡肉，切好洋葱，我开始烧水。咖喱粉拌匀之后倒入沸水，同时开始炒胡萝卜和洋葱。香辣的味道充满整个房间。我把咖喱倒在热气腾腾的米饭上面，大吃起来。切好的鸡胸肉软软的，胡萝卜也煮得很烂，口感很好。吃着吃着，我突然想起曾经一起吃饭的人，某种东西骤然在内心深处激荡。头晕得厉害，餐桌上的盘子看起来都在移动。整个房子轻轻摇晃，仿佛在行驶的地铁里。我放下碗筷，闭上眼睛。独自吃饭也不是一天两天了，怎么会这样？又不是小孩子。心情稍稍平静下来，我又拿起筷子，默默地把咖喱、米饭、鸡肉和炒熟的蔬菜塞进嘴里。

我把盘子堆进洗碗池的时候，电话铃响了。我正要系围裙，只好先去接电话。

"喂?"

"是我。"

"美京?"

"嗯。"

"好久不见了。"

"你没事吧?"

"什么?"

"你没听新闻吗?震中在距离熊津半岛三十公里的地方,你不知道吗?"

原来是这么回事,刚才的震动。

"震级是多少?"

"不知道。好像是二点几,或者三点几。"

"你家没事吧?"

"猫在地震之前出门了。我出去找猫,身体摇摇晃晃的,还以为自己贫血呢。"

"还好吧?"

"嗯。"

"……"

"今天可不可以见个面?"

我看了看日历,截稿日期近在眼前。不知为什么,我总感觉如果和美京见面,所有的事情都会搞砸。

"这个……"

"怎么了？你很忙吗？"

"还行，有个稿子要交。你有事吗？"

"能有什么事，就是无聊。"

"交完稿子我给你打电话。"

"好吧。"

电话断了。这样对待两年没通电话的老朋友，似乎有些残忍。可是我和她之间本来就存在着类似于默契的东西，不允许我们越过特定的距离。她原本不是这样的人，也许是因为地震吧。我系上围裙，洗干净黏了咖喱的盘子，放上干燥台。美京的电话总是在我的心里吱嘎作响。也许地震只是个借口。难道她是叫我帮忙找猫？我讨厌猫，更讨厌到处找猫。摘掉橡胶手套，挂在洗碗池上，我坐到书桌前，打开放在书桌上的十四英寸电视。哪儿都没提地震。只有下围棋的人、尝过咸鲐鱼味道的人，以及在跑步机上跑步的人。新闻频道也只是报道体育消息。关上电视，这时，电话铃又响了。我拿起话筒。

"喂？"

"斯台方诺？"

"是保罗啊。"

"还能是谁。你没事吧？"

"嗯，安然无恙。只是有点儿摇晃。"

"摇晃？"

"你不是在说地震吗？"

"地震了吗？"

"那你有什么事?"

"没什么,随便打个电话,问候一下。"

"弥撒呢?"

"都结束了。今天傍晚,我们举行了大规模的弥撒。"

"你过得好吗?"

"每天都一样。今天晚上你干什么?"

"快截稿了。后天之前我要完成一部短篇。"

"一点儿也没写吗?"

"不,几乎写完了,只需要做些修改。"

事实上,差不多需要我重新来写。

"那也总能见个面吧?不听神父的话,会受到惩罚的,臭小子。"

我没有屈服于他的威胁,但是……

"那你来我家吧。"

"知道了,不用准备酒。"

我马上就后悔了,可是没办法,总不能一天之内无情地回绝两个人吧。如果换个顺序,我说不定会和美京见面。哎呀,不管了。关上电脑。至于小说,总会有办法。关闭的显示屏,黑色的画面映出我的脸。我紧紧地闭上眼睛。哪里传来钢琴声。隔壁的女中学生正在弹奏莫扎特的奏鸣曲。大概是老师要求很严格,没弹几句,就要反复弹奏同一小节。我想起小时候拿着竹尺打手背的钢琴老师。她有肥胖的身体,难看的下巴,神经总是很紧张。有一天,老师发疯似的毒打一个总是弹错拍子的男孩的脸。学生们都吓哭了。男孩子的妈妈来找的时候,老师不仅没道歉,自己先口吐白沫昏迷不醒了。男孩子以为老师死了,跪在老师身边放声痛哭。也许是哭声发挥了作用,老师很快就醒了。男孩子的妈妈脸色苍白,接过钢琴老师扔过来的半个月学费就离开了。六个月后,老师嫁给日本男人去了冲绳。妈妈们聚在公寓楼道里,交头接耳地说老师中了伪宗教的魔。

刚到傍晚,太阳还没有彻底落山,保罗就来了,右手拿着瓦伦丁酒。又粗又浓的眉毛,硬邦邦的下颌线条,看起来像精英军官,红扑扑的脸颊却又缓和了这种生硬的印象。或许是因为这样的两面性,他很受女性欢迎。女孩子给他写信,守在他家门前,哽咽着说,人怎么能如此冷漠呢。这也算是大张旗鼓的单相思了。青春期的混乱都在他宣告进入神学院时结束。这条新闻太具爆炸性了。他递交志愿书几个小时之后,立刻就传遍了整个教室。听说保罗要去神学院,女孩子们毫不掩饰地呜咽,男孩子们撇起嘴巴。难道他想成为"大众情人"?男孩子们用力踢着脚下的石头。

等到过了三十五岁,他渐渐失去了美少年的魅力。小腹凸出,下颌曲线渐渐瓦解,眼睛里的灵气变得模糊,细长的手也长胖了,蓝宝石戒指陷进了手指。

"坐吧。我在煮面。你先随便看点儿什么。"

我从锅里捞出面,整齐地码在圆盘子上,加入事先做好的番茄酱,又配上从附近超市买来的特级马竹昂葡萄酒。以喝葡萄酒为业的保罗,盯着葡萄酒瓶,笑嘻嘻的。

"你笑什么?"

"马竹昂是韩国天主教的官方葡萄酒。"

"是吗?味道怎么样?"

"和一般酒不太一样。"

我用叉子卷起面条,突然抬头看他,发现他正盯着我。

"我很开心。"

"什么?"

"和朋友一起吃空心面。"

"怎么了,这么肉麻?"

他把卷起的面条塞进嘴里。红色番茄酱溅到他的米色毛衣上面。我递给他纸巾,不动声色地试探他:

"你谈恋爱了?"

保罗不说话,只是默默地笑。

"你放弃了司祭这份工作,还有什么谋生手段吗?"

"当然没有。眨眼之间,我变成了无能之人。"

"司祭这种职业本来就是这样,不管在哪个社会。"

"要不我也试试写作?"

"你以为谁都能写吗?"

"从社会的角度来看,我们都很无能。"

"不是所有无能的人都能写作。"

"那倒是。"

他咽下马竹昂。

"什么样的女人?"

"大学生。"

"你疯了。"

"我知道你在想什么，不是你想的那样。"

"我在想什么？"

"不管你在想什么，反正不是你想的那样。"

"那是什么？"

"没什么。每次弥撒的时候，她都坐在最前排。从高中开始就这样。"

"就这些？"

"就这些。"

"她不是来忏悔吗？"

"来的，但她什么也不说。如果催她说话，她就请求饶恕自己不知道的罪过。"

"漂亮吗？"

"漂亮。青年团体去修学旅行的时候，我以指导神父的身份跟着去了。有一次是去清平，天气很冷，河水冻得结结实实。他们在河面上玩雪球，做游戏，也邀请我参加，就把我拉了过去。我总是能看到她。这种感觉你应该知道吧。她一来，所有的光芒似乎都来了。她和别的男孩子开玩笑的时候，我总是看不下去。有一天我们打排球，她在我前面。她在女人当中个子算高的。我大概是疯了。每当她跳起来准备拦网的时候，结实的小屁股藏在牛仔裤里，跳起来的时候非常饱满，落地的时候又会轻轻抖动。我看得到，不，是感觉得到，就像我在用手抚摸。有一次，她跳起来的时候摔倒了。站在旁边的男孩子抓着她的胳膊，把她扶了起来。她哈哈笑着站起来,用手拍打沾在屁股后面的尘土。那两个肉块又摇晃了起来……"

"你有点儿过分。"

"我知道。"

"不过,你确定她喜欢你吗?"

"如果不喜欢我,为什么连平日的弥撒她也按时参加,而且还坐在最前面……"

"这倒是。"

"她还给我发过电子邮件。"

"什么内容?不会给你发裸照之类的吧?求你救救我,神父!"

他凄凉地笑了笑。粗粗的眉毛微微皱起,犹如提前感知到危险的昆虫。他用叉子翻了翻剩下一半的凉面条,说道:

"斯台方诺,你最近状态不大好啊。"

"我问你邮件内容。"

"就是随便说说,伪装成咨询的情书。"

"这是常有的事。没有别的了吗?"

"还有一次,我们一起喝酒了。"

"稍等。"

我收拾了餐桌上的空盘子。我们转移到客厅的沙发上,我简单地摆了酒桌。保罗呆呆地坐着,往我的书桌那边张望。我打开他带来的苏格兰威士忌。我在清醒状态下似乎很难听下去,何况说话的人。

"她说我像神父。"

"你差点儿就成为神父了,不是吗?"

"不,我很快就放弃了。做神父干什么,恋爱都不行。"

"傍晚弥撒结束后,总会有非常空虚的时候。让老奶奶们坐下,机械地领圣餐、读福音,带着侍者们出出进进,然后来到司祭馆。突然会觉得这辈子就这么完了。这种想法令人窒息。我连年轻是什么都不知道,就在钻研托马斯·阿奎纳的过程中度过了二十来岁的青春时光。想到这里我就感到郁闷,于是换上衣服去酒吧。坐在吧台前,刚刚打开瓶盖,旁边有人坐下了。是她。一股扑鼻的香水味,真的让人头晕。"

"在饥渴中度日,感受格外强烈。然后呢?"

"也许是她路过教堂门口时看见我了,要么就是跟踪我,反正我们两个人默默地坐着喝酒。酒劲上来,那个女孩子开始叽叽喳喳地说话。呼吸在她的小脸上穿梭,变成语言,在我耳边轻拂……"

"然后呢,上床了吗?"

保罗瞪着我,我也没有回避他的目光。他的眼神不像是迟疑着要说谎。他摇了摇头。

"没有。"

"神父和信徒上床,应该是违反规定的吧?挂在你身后的耶稣看着,那是圣光的压力。"

"我也知道。"

"那就好。"

他从沙发上站起,走向我的书架,心不在焉地摸索着书脊。哗啦啦,我听到书籍抖动的声音。

"我在那儿看到了塞西莉亚。"

"塞西莉亚？你是说美京？"

"嗯。她一个人来的，在那儿喝酒。她好像早就认出我了，因为我和小女孩在一起，所以她故意背过身去。去卫生间的时候碰到了，我很惭愧。"

"早晨她打过电话了。"

"是吗？"

保罗转过身。鸟的影子猛然掠过我的头顶，冰冷阴森的感觉扑面而来。我像遇到天敌的啮齿动物，稍微蜷缩起身体。他不是为那个小女孩而来，尽管毫无根据，我却深信不疑，是为美京。地震了，美京打来电话，保罗来到我们家，这些事似乎并非偶然。

"还有啤酒吗？"

我从冰箱里拿出罐装凯狮，递给他。

"拿个杯子给我。"

他往我递给他的杯子里倒了啤酒，然后往上面轻轻倒了点儿洋酒。

"这是在司祭馆喝酒的方式。不过，早晨塞西莉亚没说什么吗？"

"我说很忙，她说那就下次再见吧。"

保罗说，他和美京在卫生间门口相遇的时候，小女孩悄悄地离开了酒吧。对不起，都是因为我，美京道歉。他说没关系。两个将近十年没见面的人坐下来，重新要酒喝。这是非常自然的事情。高中时代的老朋友，而且是酒量很好的男女单独相遇，喝点儿酒没有任何问题。高中时代对保罗火热痴迷的女孩当中，美京是理所当然的首选，而且在人生某个阶段，她还享受到了和保罗相恋的荣光。不知道她现在是否依然把这件事当成荣光，至少当时是这样。女孩子们纷纷散播关于她的谣言。谣言中，美京生了几十个孩子，又纷纷遗弃。成绩高居全校前两名、美貌过人的女孩子和人气最旺的男孩拍拖，这样的结果也显而易见。

保罗、我和美京经常在一起。我和美京谈论保罗，又和保罗谈论美京。我什么都不是，不过正因为这样，我和他们两个人相处得都很愉快。要说一点儿嫉妒也没有，那是说谎。不过严格来说，那又不是对美京这位特定女性的欲望，而是对这种关系的向往。我羡慕那种青春期特有的令人面红耳赤的真挚。美京的确很漂亮，意志坚定的鼻梁和黑色的圆眼睛结合，就像产自荷兰的瓷娃娃。

"美京住在那附近吗？"

"她娘家住在那边，说回娘家的时候顺便去了酒吧。"

"啊，对。她老公怎么样？"

我认识美京的丈夫，不仅仅是认识，有一段时间我们曾经很亲密，所以我才把他介绍给美京。保罗宣布要去神学院之后，美京就没在他面前出现过。她以相当高的分数轻松考入自己理想的大学。只有一次，神学院宿舍举行开放活动的某个春日，她跟我去看保罗。他们的关系最早开始于教堂平日学校，又都在那里借书，一切显得很自然。那时，保罗就叫她塞西莉亚。我上大学之后，还是经常和美京见面，偶尔我会介绍男人给她，她也经常和我的朋友们喝酒玩耍。我不再叫她的洗礼名。那个春日，美京坐在保罗房间的床上，抚摸他的床单，仿佛要带走保罗的什么东西。这场面有点儿煽情，我和保罗故意对她置之不理，大声谈论春日校园的美丽。

"出去走走吧，不觉得闷吗？"

我们三个来到校园，坐在樱花树下的长椅上。每当有风吹过，花瓣飘落，四处飞舞。一片花瓣落在美京的衬衫和锁骨之间。她呼了口气，花瓣进入她的怀里。我什么也没说。

"我们喝点儿什么吧。"

我主动出去买饮料，他们俩没有阻止。我站起来，他们也站起来，漫步在樱花树下。美京肯定有话要问保罗，保罗也有话要回复美京。神学院的校园很适合做这两件事。我故意没有追问他们那天的秘密对话。不用问，通过他们的人生轨迹我也能了解。还能有什么内容？害怕成家、有着过多形而上学苦恼的男人，不得不假装理解这一切，相信自己比所有同龄人自控力更强、更知性的女人，在樱花飞舞的校园里咀嚼着初恋的余韵，互相祝福彼此的明天。从那之后，他们再也没有任何交往。偶尔，我会让他们在不经意间碰面，不过也仅限于此。

我们三个人再次正式见面，已经是美京的婚礼了。婚礼设在瑞草洞教堂，客人很多。新娘很美，虽然不像高中时代那么漂亮，但是因为穿着白色的婚纱，脸蛋看起来小巧玲珑。美京的丈夫走到我跟前，说要给我买西装。我说不用。他开心地说，省钱了。婚礼结束，他们伴着《仲夏夜之梦》的旋律，手挽手地走了出来，活力四射。他们看起来很幸福。美京的丈夫洪正植，已经通过注册会计师考试，一边工作一边实习。美京也是大学刚毕业就进入位于汝矣岛的电视台，担任制片人。简直就是天造地设的一对。酒宴上，他们走向正在喝排骨汤的我们,亲切地打招呼。我们为他们祈福。

"等生了孩子,我会去领受洗礼。"

美京开玩笑地说。当时还是副司祭的保罗笑了。正植没有笑。

"放着主教堂不去,为什么要去找他?不过正植啊,你要加油。你这个会计师,算是撞大运了!"我说。

正植这才笑了出来。他的父亲是乡村高中老师。正植上大学的时候,父亲因为什么事放弃工作,开始务农,却总是尝试新型农业,生活起起伏伏。正植艰难地完成学业,开始迷恋会计师考试。最后,他终于通过了。这个家伙其实挺没劲的,奇怪的是他和我关系很好。一九八七年,全国掀起示威游行的热潮,全校有百分之七十的学生都聚集在学校门前,但他依然坐在图书馆里。他唯一的乐趣是读小说。每当厌倦了数字和财务报表,他就读获奖小说集或文学杂志。我只是勉强读读他推荐给我的那些小说。后来我成了作家,最先送给我祝福的人就是他。

"听说你成了作家,我感觉像自己成了作家一样开心。一定要写出好作品,挽救我们彷徨的青春。"

我从来没觉得他彷徨,不过想到对他来说读小说只是种爱好,还是有些凄凉。时至今日,他仍然相信文学可以"挽救彷徨的青春",这让我深为感动。在信的最后,他摘录了外国民谣中的句子,这样写道:

"星光闪耀,而我们的爱情凋零。死亡犹如风云。在它传入耳畔之前,让我们尽情享受人生。"

跟美京恋爱的时候,他应该也用过这句话。外表健康得像个橄榄球运动员，内心却无比胆怯，他的确有个习惯，就是在小说或诗句下面画线，抄在笔记本上，然后在地铁里偷偷背诵。进入会计师事务所之后，有段时间他依然痴迷文学，好像还写了不少小说。忽然之间，应该是在我成了作家之后，他对文学才失去了兴趣。去他家做客的时候，他仍然谈论文学，谈论的都是很久以前出版的书，或者现在已经不再活跃的作家。

"不过，你的作品我还是看的。"

"很好。"

他们的生活很雅致。两个人收入颇丰，没多久就在江南购置了小公寓。几年过去，美京有了自己负责的节目，正植越来越忙。每到年底，夫妻俩忙得连一起吃顿饭都很难。从那时起，他们也不再和我联系。我和正植渐渐疏远了，至于朋友的妻子当然更为疏远。有时我也听美京的节目，只是节目中找不到她的气息。我以为她会播放高中时代常听的歌曲，可是一次也没有。不知从什么时候开始，美京只负责傍晚时间的音乐节目，通常由十几岁的明星主持，并且都是由十几岁的明星们出场。我听不下去。自然而然，我们也就疏远了。三十多岁还和高中时代平日学校的朋友见面，的确不自然。渐渐地，我只跟作家和出版社的人见面。

不知什么东西倒了，发出咣当的声音。白兰地瓶倒了，咕噜咕噜吐出里面的东西。我扶起瓶子，拿纸巾擦了擦桌子。保罗已经醉了，眼神涣散，身体也快要瓦解了。我俩喝的是炸弹酒[①]，醉得快。

---

① 韩国常见的饮酒方式，洋酒、啤酒和白酒掺在一起喝，称为炸弹酒。

"我,和美京上床了。"

一只大鸟展开翅膀,从我头顶飞过。尽管我已经猜得八九不离十,却还是立刻崩溃了。

"为什么?你明知道不可以这样。"

"没办法。美京太可怜了,除此之外,我无法为她做任何事情,于是就这样了。喂,妈的,那我该怎么办,她那么可怜。"

"她怎么可怜了?难道她变成寡妇了?"

"你不必知道,不,你不能知道。"

他使劲摇头,像倒塌的粮堆似的瘫倒在沙发上。我往直筒杯里倒满酒,一饮而尽。原来如此。原来他们准备这样。原来必须如此。就是为了这样,所以才那么……我去卫生间撒尿,然后歪歪扭扭地走到床边躺下了。

早晨,保罗已经不见了。客厅茶几也收拾得干干净净。酒杯和酒瓶都挪到了洗碗池里。我拾起地上的东西,放入垃圾桶。他撼动了太多东西,然后离开。我恐怕连续几天都无法写小说了,也无法在截稿日期之前完成稿子。我给杂志社打电话,冲着话筒连连点头,说这个季节的小说交不上了,真的很抱歉,对不起。编辑部说还可以给我几天时间,为什么要放弃,我们本来就因为这期杂志没小说而为难,不能连您也这样啊。心软的我答应再做努力,心里却很不爽。宿醉,不可能兑现的承诺,需要独自保守的秘密,一切都是烦心事。

我走出家门。胃疼,不过呼吸了冷空气,感觉还不错。我沿着小河旁的过道步行。骑自行车和玩轮滑的人们掀起阵阵急风,挡在我面前。一条力气很大的西伯利亚哈士奇几乎拖着主人在走。狗在我脚下闻了闻,立刻失去兴趣,又拉着主人走了。肩膀酸痛。即使是在散步,人们也个个活力四射。每个人都在跑,要么就是快走,赶往某个地方,走到桥下,还会回来。我稍微加快速度。到了桥下,我看到那里撑起一个帐篷,以前从没见过。四五人用的橘黄色帐篷里透出灯光。里面有人,传出叽里咕噜的说话声。夜里肯定很冷,竟然有人坚持在这里过夜。我把手插进口袋,久久地俯视着那个帐篷。拉链拉开,男人探出头来。

"干什么?"

男人表现出露骨的敌意。我慌忙摆手。

"没事,我就是路过……"

从敞开的缝里掠过一张女人脸,大概有二十岁。那张脸看上去很年轻,眼神却是涣散的,仿佛服了什么药物。那是对世间漠不关心的眼神,似乎不知道冷,也不知道热。她就用这样的表情注视了一下我,然后又把头缩了回去。骑自行车的小孩子从我和他们之间穿过。我趁机往家的方向走去。男人冲着我的后背嘟哝道:

"神经病!"

"距离汉江 4.5 km"。一条狗在写有这句话的告示牌下撒尿。回到家里,我放热水泡澡。大清早就无缘无故地挨骂,我很气愤,但不知道该冲谁。我在浴缸里用脚拍水,水溅到四周。泡沫水溅上了镜子、马桶、收纳箱和毛巾架。我用手撩水,然后竭尽全力地喊着,啊啊啊啊啊!

走出浴缸,擦干身体,简单吃了早饭。我从衣柜里拿出几条干毛巾，拿起晾衣架上的抹布，然后走进浴室，打扫卫生。我做的事就是这样。有火不能发，自作自受。谁都不可能知道的事情，但是我要悄悄处理。仔细想想，其实也不算什么大事。有谁能随心所欲？这是妈妈的口头禅。当然，妈妈想做的事大部分都做到了。换了三任丈夫、旅行或购物，大部分都是不假思索就做了。奇怪的是，尽管妈妈这样生活，结局却并不糟糕。妈妈总是理直气壮地跟分手的丈夫索要生活费、旅行费或购物资金。

"我过得好，大家才放心，不是吗？"

妈妈这么说，大家都无语了。在没有犯罪意识的女人面前，男人很脆弱。谁受得了把婚姻当成电视购物的女人？妈妈是婚姻制度的消费者。她从来都昂首挺胸，坚决主张自己的权利。"还给我！""是你损坏的，你要负责！"就凭这几句话，妈妈一辈子都过得很舒坦。对子女也没什么两样。我倒觉得这样很舒服，比如妈妈从来不催我结婚。

"随你的便，婚姻对男人来说是一种损失。"

妈妈生怕我管她要钱买房子，总是战战兢兢。我直到现在还没结婚，不能说怪妈妈，也不能说妈妈一点儿责任也没有。妈妈展示出来的女性形象很有趣，要么是不断索取的讨债鬼，要么是张牙舞爪直扑过来的饿死鬼。听说我成了小说家，妈妈动用了她知道的为数不多的英文单词，向我表示祝贺。

"Bravo, Good! You're my really really great son!"[①]

[①] 意为："真棒，不错！你是我最最优秀的儿子！"

然后又提醒我：

"选择以女性为目标的文学吧，你的人生会很平坦。你把女人描写得很美丽，把男人写成该死的家伙，这样谁都不会讨厌你。"

偶尔想起妈妈怪异的忠告，我的情绪会很奇妙。以女性为目标的文学？真有这样的文学吗？如果妈妈还在世，说不定会再换两任丈夫。对所有潜在的女性竞争者，她都不惜诽谤，对美京也没说过好话。大学时代，我们在咖啡厅和妈妈偶遇。妈妈一屁股坐下，跟美京喝了几杯啤酒，趁着美京去卫生间的空隙，对嘴巴噘得老高的我留下了简短的人物评价：

"一看就没内涵。看她那么胖，就没有男人缘。总是操心，不到四十岁，脸上就会皱皱巴巴。你等着瞧吧，看妈妈会不会说错。"

我说她不是我的恋人，妈妈根本不听，和自己约的男人一起离开了咖啡厅。当然也没付酒钱。美京也对妈妈做出了委婉的评价。"喂，你妈妈真够绝的！不过她真的是你妈妈吗？怎么感觉像你的姨妈？"我红着脸，只顾喝啤酒。我并没打算和美京有什么发展，但是听了妈妈的话，我还是有种受到侮辱的感觉。

浴室清扫彻底结束。我坐在电视机前，来回更换频道，消磨时间。要写的小说在脑海里旋转，却显示不出具体人物。这样到了晚上。早晨来了，然后又到了晚上。出版社编辑部只是打了两次电话，没人来找我。我拿起话筒，给美京打电话。

"喂？"

"是我。"

"真的给我打电话了？我以为你不会打呢。"

"见个面吧。"

"好啊。"

美京先出来等我。我们喝着咖啡,谈论她新接的节目和我的小说。她说她从电台换到了电视台,单位从属于教育制作局,有点儿忙。好久不见了,她的脸真让我吃惊。我不得不想起妈妈的预言。只有三十五岁的她,看起来足足有四十五岁。眼部出现了明显的皱纹。无力下垂的脸,空洞黯淡的眼睛,没有光泽的乱蓬蓬的头发。看到这些,谁都会产生类似的想法。尽管她开朗地说说笑笑,腿却在不停地颤抖,可见她遇到了严重的问题。我抬起手,打断她的话。

"美京。"

"嗯?"

"你和我见面,不是为了说这些吧?"

"唉,我也不知道。你觉得我为什么要和你见面?"

"我们换个地方?"

我开车带她去了江边。她不再面对面看我,似乎感觉轻松了一些。我打开收音机,主持人正在介绍巴西音乐。"巴西通常被称为桑巴舞之国,今天我们就到这个激情的国度去看看,怎么样?"

"美京,你怎么不说说正植?"

美京盯着我的脸,仿佛看到了神秘的自然现象。她的眼神之中暴露出憎恶、愤怒、不可思议、苦楚、绝望等,转眼又迅速消失。

"你……不知道吗?"

"什么?"

"啊，原来你不知道，原来如此。我为什么觉得你肯定知道呢？"

她的头轻轻碰到车窗。

"我以为你都知道了，还觉得你残忍。截止日期？混蛋，那有什么重要的啊！我这样想着，对你满心愤恨。"

我关了收音机。桑巴消失，寂寞到来。似曾相识，以前也有过这样的时候。美京哭着来找我，原来是关于保罗的事。保罗也有哭着找我的时候，因为美京的事。他们有需要倾诉的东西。我羡慕他们。我没有什么东西，可以给某个人的灵魂蒙上阴影。

"你知道我最近在做什么吗？"

她没有进入核心，而是转移了话题。

"你不是说在制作纪录片吗？"

"嗯。"

"是什么纪录片？拍摄飞翔的候鸟吗？"

"不是。"

"那是什么？"

"一九九四年，在灵光郡某国道边上，一辆汽车撞了行道树，引发火灾。司机当场死亡，车被烧毁。司机是海鲜批发商。"

"然后呢？"

"警察把事故原因归结为驾驶员疏忽，了结了此案。一九九七年，一辆停在济州岛环路上的车发生火灾，车里是一对新婚夫妇。男人在车里被火烧伤，女人全身烧伤，逃了出来，现在住进了精神病院。"

没想到她会说这些。我本来就讨厌这种残酷的话题。美京朝窗外呼地吐了口烟。

"对了，我家的猫回来了。"

"是吗？"

"可是腿瘸了，也许是掉进了什么地方，这个傻瓜！世界上有太多想不通的事情。"

"你不会是在制作《X档案》之类的东西吧？"

"你喜欢《X档案》吗？"

"不，我喜欢浪漫喜剧。虽然磕磕绊绊，但是到最后，一切都会被宽恕。"

"对不起，跟你说这些……"

"没关系。"

"二〇〇一年，在江原道平昌郡的一个牧场里，养牛的男人死于火灾。周围有很多工人，却没有人能作证。那些牛突然上蹿下跳着冲出来，于是他们去看，发现那个男人全身都着火了，痛苦不堪。男人的口袋里没有任何易燃物，也查不出汽油或稀释剂之类的东西。他好像被什么附了体，眨眼间就被火焰包围。只有四肢残留下来，还没有被烧毁。"

"真的好残忍。"

我吁了口气，连连摇头。美京按了按钮，打开窗户，呼吸外面的空气，嘴巴一张一合，像水族馆里的鱼。

"二〇〇二年秋天，一名值完夜班出来的会计师在地下停车场开车的时候，也被烧死在了自己的车里。"

小孩子们抓着风筝线,从我们前面跑过去。风筝飞得不高,只是被孩子们牵着四处摇摆。孩子和风筝消失在视野之外,江边恢复了安静。不知为什么,我感觉自己进入了庸俗的电视剧。

"那名会计师,是你我都认识的人。"

我抓住美京的手。我觉得这是一种礼节。她的眼泪滴到烟上,浸湿了烟的中部,紧接着落在我手背上。

"究竟是怎么回事?"

"正在调查。离奇的是,燃烧点竟然在死者的心脏附近。这不可能,但的确是这样。从里面开始燃烧,蔓延全身,最后连汽车或房子也被烧毁了。转眼之间。"

"怎么可能呢?"

"一般来说,被火烧伤的人皮肤受伤最重,可是这种情况,受伤害最大的却是内脏器官。难以相信吧?我也不相信。我们把这种事件叫作自燃。没有打火机,也没有汽油,而是从某个人的内部燃烧,焚毁一切。"

"美京,你看看我。"

美京用湿漉漉的眼睛看着我。我小心翼翼地问:

"你最近还去公司吗?"

美京点头,然后勉强笑了笑。

"我很正常。你这么想也情有可原。不过,美国曾经制作过这类事件的纪录片。一名牧童在众目睽睽之下突然被火烧死。人们跑过去,用毯子扑火,可是力不从心。同样是只留下了四肢和头部。我们以为是单纯火灾的事件当中的确混杂着这类事件。有人手握方向盘哼歌，突然就被火焰包围，咣当撞上了行道树。保险公司调查组和警察交通事故调查组都认定为是驾驶技术不熟练引发的事故。那位海鲜批发商的汽油几乎用光了。那个蜜月旅行的新娘，后来住进了精神病院，直到现在仍然坚持说是自燃。她说新郎的身体里突然冒出火苗，就像便携式煤气灶爆炸了一样。"

"正植呢？"

"也是几乎没有油了。连续加班，忙得连加油的时间都没有。你也知道，正植不抽烟。从停车场的监控录像来看，也没有从外部着火的痕迹。正植只是拿着包上车，然后启动。短暂预热之后，他开车出来，可是车停了。不一会儿，里面冒出烟和火焰。正植再也没出来……"

美京说不下去了。我搂着美京的肩膀，陪着她哭。没犯任何罪、脚踏实地过日子的丈夫，却死于自己体内燃烧的火焰，这让她如何轻易接受。我搂着美京的肩膀，在想平克·弗洛伊德的唱片《愿你在此》的封面。身体燃烧的男人和安然无恙的男人在荒凉的街头握手。那时，我们都深爱平克·弗洛伊德和他们的唱片。

"公司把这样的节目交给你负责，我觉得不妥。"

"对，制作纪录片只是个谎言。想起来我就浑身颤抖，怎么制作啊。这个素材太含糊，即使我主动要做，公司恐怕也不会同意。"

"看来你们公司还不算太可恶。"

"我只是自己调查。除了我，还有很多人。我们在一起交换信息，跟受害者身边的人见面，至少要这样做才行。这些人都一样，每次见面都谈论火，很难受。"

"你对我也只是谈论火。"

"是吗?"

美京笑了。我没提保罗。我觉得不应该说,所以就没说。世界上有很多无法理解的事情,也有很多不必说的事情。不知不觉间,天上已经现出星光。汝矣岛的灯光吞噬了很多星星,还是有几颗行星和恒星幸存下来,凭借很久以前发射的光芒闪烁。

"他死了。我突然觉得对他一无所知。只知道他是个好人,很想有个孩子却没有得到。还知道他非常喜欢他的父亲。他每次提到棒球就忘乎所以。只有这些。感觉和自己一起生活的是个幻影。"

"坟墓在哪儿?"

"在纳骨堂,坡州那边。"

"什么时候一起去吧。"

美京紧紧抓住我的手。手心湿漉漉的,手背很粗糙。

"不行。"

"为什么不行?"

"如果和你一起去,你就要和我结婚。"

美京第一次灿烂地笑了。

"你疯了?"

"你看看,不行吧。那你自己去。"

这样的情景似曾相识。我感觉同样的事情从前也发生过。正植的死是第一次,也是最后一次。不可能。即便是这样,不知为什么,我还是觉得这件事不是第一次发生。我摇了摇头,默默凝视着高楼大厦上空闪烁的行星。我笑着发动汽车。嗡嗡。感觉好像有什么东西焕发出生机。

　　送走美京回家的路上，我突然想到，和美京一起生活也不错。如果真的一起生活，那些都不算什么了。一起吃早饭，送走忙碌的她，喝绿茶，写小说，听音乐，等她下班回来陪她吃晚饭。今天写得多吗？她这样问我，我把她出门时写的小说给她看。我们两个人可以不为任何事动摇，在某段时间里一起生活。这样和某个人亲亲热热地生活下去，或许我也会出现影子。如果我有了那么美丽的影子，我会突然去司祭馆，突然拍一拍帅得令人厌恶的保罗神父的后脑勺，让他帮我的孩子洗礼，给我的孩子取个好听的洗礼名，不要保罗之类的。我还要每年为正植做祭祀。这小子连孩子都没有就死了。这样想着的时候，一个巨大的影子掠过我的头顶。我看了看天空。很奇怪，没有月亮的夜晚，哪来的鸟的影子。我重新蜷缩起身体。徒劳的想象就此结束。我脱下衣服，钻进被窝。

　　我哭了。

珍宝船

　　大学时代的宰万和亨植是那种说近也近、说远也远的关系。他们在"历史研究会"这个历史并不悠久的社团相遇。更坦率地说，这个社团近似于制造火焰瓶的工厂。很多单纯的新生还以为这儿真的研究历史，加入之后必须接受前辈们的特殊教育，比如要想了解历史就必须冲进历史内部，理论必须结合实践，等等。转眼间，校园里迎来了鲜花盛开的春天。这种时候，总是"紧迫的政治形势要求青年学徒投入战争"，于是新生们站到"历史的岔路口"，要么追随前辈们冲上街头，要么不动声色地退出社团。宰万算是后者。他以为进这个社团是阅读安德烈·莫洛亚的《法国史》或爱德华·吉本的《罗马帝国衰亡史》之类的书，然后大家讨论。结果他被前辈们拉着参加了首场战斗，然后无奈地被警察抓走了，因为违反《集结示威法》而被处以延缓起诉的惩罚。从此以后，他就不再理会前辈们说的"既然已经这样了，那就更狂热地斗争吧"，而是选择了逃跑。亨植和他不一样。他没有参加街头示威，却一直留在社团里。即使面对责备和歧视，他也坚定地继续从事历史研究。不仅如此，他还把自己的研究成果分发给其他毫无兴趣的会员。起先，有的会员和他争论，驳斥他的看法，不过很快就放弃了。别人在外面扔石头和火焰瓶的时候，他在社团办公室里独自阅读书籍和地图，继续研究。如果需要更多的资料，他也会出现在图书馆里。他和宰万主要在图书馆的吸烟室里见面。每当这时，亨植就让宰万坐下，听他的长篇大论。为了逃避而躲到图书馆里的宰万，喝着从自动售货机里买来的咖啡，听亨植说话。

  大学时代的亨植埋首书堆，毕业之后，突然又独自开始了街头斗争。看到他与众不同的举动，人们做出种种解释。有人说是精神分裂症的早期症状，有人说是哗众取宠。不管别人怎么说，他都不介意。他住在麻浦区孔德洞，经常趁家人疏于监视的空隙悄悄溜出家门。即使他失踪了，家人也不惊讶。他的兄弟发着牢骚去光化门十字路口，稍作打探就能把他抓回家。

  亨植的目标是忠武公铜像。在光化门十字路口的铜像四周徘徊，等到车辆少的时候，他就跑过去，爬到上面。偶尔他还抛出圈套，试图挂在铜像的脖子上，无奈将军的身躯太庞大了。程序大体就是这样。当他像魔鬼似的与铜像对决的时候，警察冲上来，抓住了他。他稍作抵抗，就被带到派出所，直到家人来领。警察有警察的难处，家人也有家人的尴尬。有几次他还被送交即决审判，并处以罚款和拘留。然而，他对李舜臣将军的执着却从未熄灭。为什么偏偏针对忠武公铜像？没人知道原因。派出所所长极其严肃地教训他的家人："这里有很多国家机关，到处都是外交公馆，你们必须管好儿子。喃，忠武公可是民族英雄……"

  因为有了这个奇怪朋友，宰万渐渐注意到了以前漠不关心的光化门十字路口的忠武公铜像。别的将军大多是骑马像，只有李舜臣将军傲然挺立，凝视着南大门方向。也许是因为他是水军将领。也许是因为背对着景福宫的正门光化门和后面的青瓦台，他看起来就像王宫的守门将军。他守护的建筑物包括政府综合大楼、世宗文化会馆、教保文库、韩国通信大楼、美国文化院和美国大使馆。他注视的建筑物有朝鲜日报社、首尔报社、监理会馆和市府大楼。钟路和世宗路隔着李舜臣将军像相互交叉。论交通流量，这两条路在我们国家首屈一指。如果说要保护什么，那么他的确站在了一个绝妙的位置。

几年后，一个冷风肆虐的冬日凌晨，亨植终于成功征服了向往已久的李舜臣铜像。没有梯子，他怎么能爬上那么高的铜像？所有人都感到疑惑。历经千辛万苦终于成功登上铜像之后，他用太极旗遮住将军的脸孔，等待天亮。不一会儿，东方隐隐露出鱼肚白，早早走出家门的人们开车经过他站立其上的铜像旁边，驶向钟路和世宗路。过了很长时间，也没有人发现爬到铜像顶端的他。他着急了，解开遮在将军脸上的大型太极旗，用力挥舞。几辆正在等信号灯的汽车司机探出头来，仰望铜像上面的他。有人给警察或消防署打了电话。很快，响着警笛的云梯车和警察赶到了光化门十字路口。他又用太极旗挡住李舜臣将军的脸，然后用绳子捆住将军的脖子和自己的腰。一位挺着将军肚的警察曾经见过他，拿着话筒在铜像底下对他大声喊道：

"喂，李亨植，你还不下来？"

大肚子警察命令消防员架起梯子。两名消防员和一名警察爬上梯子，慢慢靠近铜像顶端。很多汽车司机都在看热闹。光化门附近从早晨起就开始了交通堵塞。交通电台的播音员揉着眼睛来到录音棚，懒洋洋地读着制片人递来的信息。

"好，现在收到来自通讯员的报道。一名市民爬上位于光化门十字路口的忠武公铜像示威，十字路口附近相当混乱。这是来自通讯员金吉云的报道。世宗路和钟路两个方向都是走走停停，请各位注意绕行。"

亨植和爬上去的三个人展开搏斗，最后还是胳膊被捆在身后，架上了云梯车。消防员们迅速撤掉了挂在铜像颈部的绳子和遮在脸上的太极旗。亨植被押往钟路警察署接受调查。但审讯变成了亨植的历史课堂。警察听他讲日本征服世界的阴谋，听得耳朵酸痛，最后放弃制作审讯记录，进行当即裁决。

亨植爬到铜像顶端的时候，宰万正哼着歌开车，前往刚刚进入的职场。听到交通电台播音员的报道，他立刻知道肯定是亨植。这家伙还跟从前一样。他咂着舌，仔细听广播。除了光化门十字路口交通恢复正常的简短信息外，再也没有关于这个事件的消息了。

从那之后，亨植偶尔成为同学聚会上的谈资。过了几年，他就从大家的话题中彻底消失了。宰万和新认识的人谈论股市动向、女演员的胸围以及优先认股权，饮水般喝下十七年的苏格兰威士忌。那是美好的时光。股价飙涨，一夜暴富的人华丽地装饰着《经济日报》的版面。二十世纪的最后一年，宰万换到了位于汝矣岛的外国咨询公司，一年就赚了将近两亿。他并不满足。每次看到一夜之间拥有几百亿股票期权的同龄男人，他就感觉焦躁不安，担心这样下去所有的机会都被别人夺走了。

那段时间,宰万经常和同行们在酒店共进早餐。他们悄悄谈论业界浮沉和政府的政策动向。上班享受代客停车待遇。午饭用三明治解决,晚上在酒店健身中心跑步。喝酒越来越频繁,自然而然有了常去的酒吧。他和老板娘姐弟相称,每次喝完酒都能得到免费喝解酒汤的特殊待遇。到了节日,老板娘祝福他"多多赚钱",还送他古奇钱包或羊绒围巾。

那年宰万和婚介所介绍的女人结了婚。因为当时太忙,他连在哪儿举办的婚礼都不记得了。除了咨询业务,他还通过股票、债券和美元外汇构筑起自己的资产组合,要想了解这些资产的动向,二十四小时都不够。他的凌晨开始于刚刚收盘的纽约证券市场指数,启动电脑都觉得浪费时间,电脑总是处于开机状态。

宰万再次见到亨植是在这段好时光快要结束的时候。那是每周一次的早晨聚会,他刚刚在交易额高达几百亿的实战中结束了酣畅淋漓的游戏,揉着惺忪的睡眼,按时参加聚会。某个跳槽到证券公司的交易员主持聚会。以前,宰万也在证券市场中获得过丰厚的收益,那段时间一如既往,他还是以资本几乎被蚕食、谁也看不上眼的小规模上市企业为目标购入股票。他多次在信息聚会上不动声色地宣告作战的开始。

"有一支评价过低的股,我想试一试,大约十天后出手。"

谁都没说作假或作战之类的话,然而每个人都把能力承受范围内最大限度的资金投入到他指定的股票,再等待他的撤退信号。从第二天开始,那支股票连日上涨。到了第三天,散户开始涌入。最后,这支曾被视为夕阳产业的当地纤维企业的股价超过了很多优良企业。他们创造的收益平均达到投资额的十倍以上。胆小的在第八天、胆子稍大些的在第十天卖出。甚至连他们常去的酒吧的老板娘也获得了三倍收益。股价很快暴跌,散户们赔了个底朝天。

这件事平息下来之前,外号叫船长的领头人始终保持谨慎态度,静静地等待着下次的机会。早餐聚会也暂时中断。所有人都像吃饱的狮子,悠闲地享受着余韵。其他成员也悄悄地回到本职工作,继续做自己的事情。作战的兴奋尚未消退,做事也无法专心。几天之内就赚了比年薪更多的钱,他们突然觉得每天的生活毫无意义。几周过后,船长打破沉默,将他们召集起来。他们穿着杰尼亚或阿玛尼品牌的光鲜西装,在江南新开业的特级酒店里见面。当然,有性急的人已经换了私家车。一名基金经纪人喝着味噌汤,对政府的市场限制政策冷嘲热讽:

"市场的失败?真好笑。公务员们肯定很痛苦,说着自己都不相信的鬼话,忙着走后门吸股票,连饭是从嘴巴进去还是从鼻子进去的都不知道。只要拿起麦克风,就开始胡说八道。"

"他们信口开河,对我们来说当然是好事。不过那个位置怎么空着?还有谁要来吗?"

正在这时,胳膊上搭着餐巾的服务员把一个人带到他们的餐桌前。身穿DAKS格纹正装,戴着没有花纹的领带,这个男人正是李亨植。他的正装像新的,只是看起来不太合适。看见宰万,他夸张地伸出胳膊要握手。成员们犹犹豫豫地起身,挨个儿和他打招呼。

"我已经听说你在这儿了。世界真小。"

面对亨植的突然出现，宰万很惊讶。起初他还有点儿慌张，不过，立刻露出灿烂的笑容，回答说：

"你让人震惊的能力一如从前。"

"听说你们是老相识？"

船长让亨植坐下，笑着说道。别的成员露出了放心的表情。既然是船长邀请，又认识宰万，看来是同类人。船长介绍他说：

"本来我想先说一下，不过按照他的性格，我觉得还是等见面之后，听他亲口说出来更好，就把他请来了。"

亨植改变了很多。头发搽了油，端正地梳向后面，DAKS正装很难让人联想到光化门十字路口的那个疯子。服务员走过来，他点了人参茶，然后分发名片。名片上印着公司名称"珍宝船"和网址。他的名字前面附加了"CEO"这个与他风马牛不相及的职务。

喝着人参茶，他讲起了准备好的内容。

"上周我们在这家酒店二楼召开了说明会，我们公司是风险企业中的风险企业。有人说我们公司是风险企业的鼻祖。我可以开诚布公地说，的确如此。我们在寻找珍宝。"

已经有两个人失去了兴趣，开始看手表或者摸索放在桌子上的手机。另一个人悄悄把视线转向宰万："这个人到底是谁啊？"宰万如坐针毡。亨植异想天开的高谈阔论一旦开始，就没有结束的时候。这点宰万再清楚不过了。亨植却泰然自若。

"大家都看过《泰坦尼克号》吧。看这部电影的时候，大家想到了什么？画面漂亮？各位看着女演员的胸脯垂涎三尺的时候，有人进入泰坦尼克号，席卷了里面的古董和宝石。这样的船能有几艘？一六二二年，西班牙的纽斯特拉·赛诺拉·德·阿托查号帆船，在佛罗里达西南部遇到飓风而沉没，一九八五年调查出了准确位置，里面有价值三亿美元的金银财宝。这是何等幸运！一八五七年，一艘美国蒸汽船在距离卡罗莱纳海岸二百六十公里的海域沉没，名叫中美洲号，这艘船里发现了价值十亿美元的宝物。一九九三年七月，在哈瓦那前海沉没的西班牙帆船里倒出了四百四十一块钻石和价值两百万美元的宝物。那么，我们可以去语言不通的美国或古巴挖掘这些宝物吗？如果想的话，倒也可以。不过，没有这个必要。"

他静静地环顾四周。人们似乎有点儿兴趣了。他在桌子上展开全罗道地图。

"大家看，这是群山市。前海，就是这里。末岛和飞雁岛，看到了吧？太平洋战争期间，日本帝国主义的货船和军用医院船就是在这里沉没的。"

"货船和医院船？里面装着什么东西？"

一名外币经纪人表现出了兴趣。

"您的意思是说，医院船里能有什么了不起的东西，对吧？这艘医院船从属于731部队。因为活体试验而臭名昭著的731部队，大家应该都知道。一九四五年五月八日，这艘船装着从满洲和朝鲜掠夺的一百多吨金条，被美军B29的炸弹击中，在群山前海附近沉没。这份资料在日本熊本大学图书馆的仓库里蒙了很久的灰尘。在飞雁岛前海沉没的是一艘货船，时间是同年六月十三日。那是一艘八百八十七吨的货船，里面装着九吨金子、三十吨银子和三百吨铜,也是被美军的战斗机击沉的。日本海军没有余力打捞。然后战争结束,谁也没有办法。转眼就到了今天。"

如此滔滔不绝,看来这番话说了不止两三遍。不管多么荒诞的事情,只要亨植开口,人们就会不由自主地侧耳倾听。那是非常强烈的说服力,只有那些开口的同时自己也真心相信的人才能散发出来。如果他做骗子,应该也会大获成功。证券交易员摇了摇头。

"这么说,现在还没有人知道这个事?"

"忠清南道长项邑的渔夫们,没有人不知道这件事。很多老人听在长项冶炼厂工作的日本人说过这件事,他们依然记忆犹新。前任长官派人和船试过,但是耗费太多,最后都放弃了。"

"那么,难道李社长有什么妙计?"

"有些人在长项渔夫目测的位置安排了潜水员,怀着侥幸心理四处翻找。可现在是什么时代?信息化时代,不是吗?我是完全依据资料接近目标的。"

他从包里拿出日语做成的复印文件,倒在桌子上。白色的餐桌上凌乱地散落着模糊的地图和文件。

"日本是个喜欢记录的国家。不管什么事,那些家伙都要记录下来。来,大家看这里。这是海军省的资料,连位置都准确地做了标记。这个地区水很浅,集中探测的话,应该能在几个月之内取得明显成果。"

"为什么偏偏来找我们?我们不是投资者,只能算中介。您应该去找投资商。"

船长这才站出来说话。

"我们可以搭桥嘛。不管怎么样,李社长,感谢您今天说的这番话。我们会好好考虑。如果可以提供什么帮助,我们会尽力而为。"

亨植从座位上站了起来。

"谢谢。我们要找回被日本鬼子掠夺的财物,这肯定是很有历史意义的事。总之,拜托各位了。我走了,宰万。"

他拍了拍宰万的肩膀。宰万跟着他出去了。

"从什么时候开始的?"

他不自然地笑了笑。

"有些日子了。清算日帝残渣,那是嘴上说说就行的吗?不是仅仅拔掉铁桩就行了。以眼还眼,以牙还牙。"

宰万用拇指悄悄地指了指坐在桌前的人们,说道:

"那些人,都是这个圈子里的妖精,当然我也不例外。弄不好你颗粒无收。"

"不用担心,我也不再是从前的我。"

客套地说了句"以后多联系",亨植就大步流星地朝电梯走去。宰万回到座位。确认亨植彻底离开后,船长问宰万:

"听说你们在大学时代关系很好。"

"那个家伙很荒唐,简单说就是个怪物。不过毕业之后见面就不多了。"

"好,以后我会给各位发邮件,先不要看那些资料了。我觉得他说的并不是完全不靠谱。现在新安前海不是也发现了很多陶瓷吗?那是国家遗产,归国家所有。但是金子就不同了,占用公共水面,啊,只要拿到挖掘许可,挖出来的东西就归企业家。为什么要由我们来做?我们只要经营好珍宝船就行。花大力气做广告,营造气氛,资本很快就来了。"

"可以上市吗?"

有人疑惑地问。船长压低声音说道:

"我要组建一家上市公司,小规模的。再选择一家建设公司,和珍宝船并购之后……"

人们似乎这才理解,脸上泛起微笑,连连点头。不用说,接下来是作战。作战需要战术,那份资料就是战术。亨植作为代表,会出现在每次的事业说明会上,努力说明寻找日帝留下的宝物有多重要。当然这只是绪论,进入正题后,他会拿出自己收集的资料,滔滔不绝地谈论珍宝船事业天文数字般的收益。他会通过用PPT做成的报告煞有介事地向人们展示,一旦价值几兆元的金条打捞上来,所有投资者都将实现比赌马高出九百九十九倍的收益。如果进展顺利,亨植说不定可以成为亚洲版《时代》杂志的封面人物。因为真正找到珍宝船的人,全世界也不多见。如果找不到宝物呢?可能会坐牢。

那天夜里,宰万因为轻微的犯罪感而辗转难眠。但是,他马上就改变了想法。说不定真有宝物汹涌而出呢,没必要把事情想到最坏的程度。首先说起这件事的是亨植。我们不是欺骗,只是投资高风险高收益行业。实现一定程度的收益以后,可以增加现金保有率,适当分散风险。这是企业的基础。

第二天,正式开始促进这项事业。船长注册了小公司,又买下一家以中小地方城市为根基的亏损的建设公司。根据"好好先生"理事会的决议，亨植担任了代表理事，举行华丽的事业说明会，邀请著名艺人前来助阵。盛况空前，连乡下的老爷爷们都挂着拐杖来了。股价暴涨。部分记者写起了有关珍宝船事业的报道，收到报道的杂志打造出了更浪漫的版本。

太平洋战争、731部队、B29、金条、沉船……这个故事里没有任何陌生要素，一切都很熟悉，都是漫画或大众小说里常见的要素。记者们加入了更符合逻辑的故事。某周刊这样写道："日本海军退役军官森永先生前不久去世，临终前向照顾自己的韩国按摩师吐露了保守一生的秘密。按摩师凭直觉判断这番告白是真实的，于是回到故乡光州，告诉了做占卜师的姐姐。最后，占卜师金氏四处打听，经人介绍，找到了专门研究日帝遗物的李亨植先生……"加上这段日本退役军官的遗言，作为戏剧性插曲，这个故事被传得沸沸扬扬。股价涨了一百多倍。因为有珍宝船的资料做后盾，他们轻松避开了金融当局的怀疑。

他们往返于汝矣岛和德黑兰路之间，悠闲地欣赏着液晶屏上面的枫叶。亨植几乎住到了飞雁岛前海的驳船上。赶到现场的投资者们登上蹦蹦船，倾听亨植的激情演说。听他的意思，挖掘宝物似乎只是时间问题。投资者们望着脚下荡漾的波涛，想象着底下等待被发现的金条。这样的想象非常刺激，甚至让人产生撒尿的冲动。面对投资者，亨植总是补充说，曾负责打捞泰坦尼克号的美国水中勘测公司正在进行打捞工作。这在某种程度上也是事实。准确地说，参与打捞工作的不是总公司，而是加拿大璀璨勘测分公司。无论如何,三名一级潜水员和十二名水中勘测专业人员每天都跳入黄海的浑水中,寻找可能放在大陆架上面的731部队的医院船和货船。席琳·迪翁激情演唱的《泰坦尼克号》电影主题曲《我心依旧》,通过嗞啦嗞啦的麦克风,不断地从驳船和蹦蹦船上传来。投资者们无法放弃一夜暴富的梦想,索性在群山或长项租房子常住,等待打捞的消息。这期间股价已经上升了几百倍。多个机构终于小心翼翼地向投资者们发出了警告。

亨植不时地在电视上露面,胡子拉碴,一副智异山主人的形象,大谈珍宝船的梦想和希望。"梦想消失的时代,还有人愿意为寻找梦想而奉献青春。今天要和我们见面的李亨植先生就是这样的人。"记者们犹如小鸟,生机勃勃地传达着他的动向。有时也叽叽喳喳地说:"哎呀,不打算刮胡子吗?"画面上的亨植显得很健康。但宰万可以清晰地看到如同光环般扑在他背后的焦躁。在没有门牌地址的海水里搜寻,这件事的虚妄似乎正在撕咬着他。

宰万和其他成员在相近的时间全部卖掉了那家建设公司的股份。后来才听说珍宝船的消息、蜂拥而来、伺机而动的买家们迫不及待地吃下订单,消化了他们卖出的份额。股份转眼售罄。宰万拿这些钱购入了一辆二百三十一马力、百公里油耗三升的捷豹,加速到一百迈只需七点九秒,四轮驱动,六个排气筒,这是他梦寐以求的汽车,男性化却不失柔和的设计,名不虚传的发动机爆发力。然而买了这么帅气的汽车,他却没有时间享用,只能单调地来往于德黑兰路和汝矣岛之间。白天车多,但即使在夜晚,安装于各个角落的摄像头也压抑了他的飙车本能。买了如此昂贵的汽车之后,他仍然有很多钱。他赚了大量的钱,却一点儿都不自由。回过神来,他发现妻子怀孕了。

"你是不是太过分了?"

许久不见的妻子冲他直翻白眼。宰万带她去了格乐丽雅名品店,买了好多东西。店主提着购物袋把他们送到停车场。

"你赚了这么多钱吗?你说要找珍宝船,找到了吗?"

"没有。"

"二十一世纪竟然还有什么珍宝船?看来男人都是小孩子。"

"你以为我会相信吗?"

"怎么?啊,原来你已经收手了。"

"当然。"

"还是你聪明。"

妻子把手轻轻放在凸起的腹部,露出幸福的表情。妻子突然看了看他,问道:

"如果真的找到了,你打算怎么办?听起来有点儿像真的。"

"不要太听信好听的话。越是说得冠冕堂皇,越是要怀疑。真相往往很难看。如果话无懈可击,十有八九是小说或骗局。"

说完,他发动了捷豹。妻子不知道,即使装载一百吨金条的珍宝船真的被发现了,后来高成本买进的股东们也不可能收回全部投资。他仅仅敲了几下键盘,就得到了比珍宝船高几倍的收益。她根本不知道存在这样的抽象世界:有人相信珍宝船的传说,有人跳入海中亲自寻找宝物,还有人以此为故事赚钱,也就是宰万之流。每个地方都有这样的事。到了庆州,你会发现有些老爷爷大肆宣扬新罗古坟的传说。有人听了这些传说，就拿着铁钳子夜以继日、漫山遍野地寻找。最后赚钱的却只有捐客们和坐在仁寺洞喝金银花茶的老奸巨猾的古董商们。

亨植担任名义社长的韩生建设集团，股价总额早就超过了沉在海底的一百吨金条的价值。这是典型的"炸弹股"。宰万往红茶里倒干邑酒，一饮而尽。明天，得知股价突然下跌的投资者可能有点儿慌张。他们会焦躁不安地拥到公司，责问到底什么时候才能打捞上来传说中的珍宝船。也许会有几个散户向媒体爆料，尽管这种行为无异于自掘坟墓，然而他们的确会这样做。时事节目制作组会出现在群山前海，拍下空荡荡的茫茫大海，股价因此暴跌，公司被愤怒的投资者占领，业务停滞。如果他们看到的只有一顶腐烂的日军钢盔，那会怎么样呢？

那天夜里，宰万史无前例地做了恐怖的噩梦。身穿吊带衣服的女人出现在梦里，让他看自己的腋窝。她的腋下长了很多汗毛。她把腋窝凑到他面前，连连追问这些汗毛究竟该怎么办。他回答说，用女性剃须刀剃掉就行了。女人置若罔闻，依然追着他，问他该怎样处理这些茂密的汗毛才好。她还发牢骚说，因为这些汗毛，自己都无法穿无袖的衣服。终于摆脱了女人，他发现自己来到了光化门十字路口。路口挤满了身穿红衣服的人。世界杯已经开始了吗？终于摆脱了腋下长满汗毛的女人，他总算放心了，藏进人流。但是，恐惧扑面而来。因为他意识到别人都穿着红衣服，唯独自己不是。他往下看。怎么会这样？他赤裸着身体。"噢，韩国必胜，噢，韩国必胜。"呼喊声四起。人群看不到尽头。身穿红衣的男男女女都看着他笑。他被人们赶到广场中间。那里竖立着巨大的铜像，正俯视着他。不过站在那里的不是忠武公，而是紧握刀柄的亨植。"亨植，是我。腋下长毛的女人施展魔法，抢走了我的衣服。你帮我遮掩一下吧。"亨植伸出手臂，把宰万拉上石阶。宰万和亨植并肩站立在光化门十字路口中央。人们都抬头看着他们。亨植窃窃私语："知道我的心情了吧。上来的感觉还不错吧。"宰万惭愧得蜷起身体。这时，亨植把将军的铠甲穿在他身上。"你真像犰狳。"亨植笑嘻嘻地戏弄宰万。

宰万从睡梦中醒来，用床单擦干湿漉漉的后背。他的妻子还在沉睡。看了看表，才早晨六点。宰万有种不祥的预感，坐在电脑前查看纽约证券市场的动向。出于对美国经济复苏的期待，道琼斯指数和纳斯达克指数开始小幅上涨。没什么不对。他还收到邮件说，格林斯潘可能撤退。这一夜，世界风平浪静。

那天早晨，他刚刚上班，来自保安室的对讲机就响了："一个蓄着浓密胡子的怪人在下面胡说八道，说要找你。"肯定是亨植。

"让他上来。"

不一会儿，亨植来到办公室，坐在沙发上，冒着扑鼻的咸味。

"有人参茶吗？"

"柚子茶怎么样？"

"好。"

他用勺子使劲搅拌加入了很多柚子的茶，呼噜呼噜地喝了起来，一句话也不说。

"怎么样，有什么发现吗？"

他捞出柚子,放在嘴里,一边咀嚼,一边笑着说:

"你知道的,就像大海捞针。"

想到亨植将要承受的苦难,宰万突然对他产生了恻隐之心。他决定稍稍违背一点业界行规。

"你明明知道,还冒着严寒喝咸水?唉,放手吧,找个安静的地方待着算了。"

"放手以后呢?"

"肯定会有其他事可做。如果今年发现不了珍宝船,投资者不会放过你的。"

"那就坐牢好了。给你们造成损失,我很抱歉。你们听信我的话,投入那么多钱……我却一分钱也没让你们赚到。"

"不要为我们担心,我们嘛……"

像在梦里一样,宰万脊背直冒冷汗。

"谢谢你这么说。我的名字也通过媒体广为人知,现在只要提起珍宝船,人们就会相信我的话。我要利用这些钱创建财团,系统地调查这件事。从明天开始,我要采取新的探测方法,增加一艘探测船和五到六名潜水员,双管齐下。也就是说,请你再坚持一下。不用多,一年即可。"

宰万始终没有透露自己的股份已经卖出。亨植紧紧握住宰万的手,说他要再去趟长项,于是离开了办公室。宰万无话可说。亨植离开之后一周,股价腰斩。即便如此,散户们仍然相信只要发现珍宝船就可以扭转形势,因此并没有抛售。又过了一周,股价再次腰斩。韩生建设集团的职员们仍然向媒体散发有可能打捞上来的报道资料，但眼疾手快的经济杂志已经开始准备《珍宝船躁动始末》之类的特别报道了。如今"梦想"变成了"躁动"，再过些日子，"躁动"还会成为"骗局"。

几天后，投资者们来到长项前海。他们在飞雁岛和末岛附近寻找珍宝船，却从潜水员那里听说，探测工作几天前就中断了，亨植连夜逃往内地。他们被没有拿到工资和租船费的渔民抓住，好不容易才逃出来。"股东不就是公司的主人吗？"渔夫们抓住他们的衣领，不肯放开。

宰万和成员们依然定期在清晨见面，在酒店里共进早餐。他们绝口不提珍宝船。一头瘦骨嶙峋的野牛，谁会多看一眼？某一天，船长轻轻皱起眉头，说道：

"有没有人接到韩生李社长的电话？"

"现在不是正在通缉吗？听说投资者告他诈骗？这怎么能算诈骗呢？如果真的相信珍宝船存在，那就不是诈骗。"

香港投资公司的基金经纪人连连咂舌。

"谁说不是呢。如果李社长理直气壮地站出来，聘请律师的话，肯定能赢。啊，信者有福。如果真的相信，就不是诈骗。真的很遗憾，那是个充满激情的人……"

宰万没了胃口。他觉得恶心。他慢慢地打量四周。那些厚脸皮的人，轻而易举地吞下几千人的财产，每天早晨却仍然执着地到酒店餐厅里享用烤美露鳕。这惊人的食欲，丑恶的食欲。问题在于宰万也是和他们完全相同的品种。直到现在，宰万才对乔治·索罗斯漠视同行们的心情了解得一清二楚。想起这个历史罕见的国际投机犯,宰万的结论朝着多少有些荒唐的地方飞散开去。"所以我只能把你们这些家伙的钱全部吞食,成为像乔治·索罗斯那样的最强者。正义属于胜利者。然后可以捐款、做慈善,还可以修建美术馆。这是你们这些寄生于风险基金或投机资本的侥幸主义者无法想象的梦想。我们都要做现实主义者,但是要在心里怀着不可能的梦想,不是吗?"所有的自我反省最后都归结于要多赚钱,这是宰万进入这个行业之后养成的习惯。船长看了看周围,接着说道:

"韩生李社长突然打电话给我,向我索要逃跑资金。"

"我们现在又不是股东,为什么找我们说这些?"

"我也是这么说。什么叫股份公司?股东责任是有限的。再说我们现在连股东都不是了,为什么找我们?听我这么一说,他说希望我看在情面上帮帮他,只要一百就行。"

旁边的基金经纪人瞪大眼睛,条件反射地问道:

"一亿[①]?这个人疯了?"

船长笑了笑,向上抬了抬眼镜。

"不,一百。"

刹那间,所有人都捧腹大笑。

"看来他很急。给了吗?"

"怎么可能不给。那岂不是太过分了?"

他用叉子叉了块饭后赠送的橙子,放进嘴里。这时,本来装糊

[①] 韩语中"一百"和"一亿"的发音有些相似。

涂的两个人露出安心的神情，说道：

"其实我也给了他一点儿。不过那天我的账户里正好没多少钱，就给了他不到一百。"

"太抠门了，怎么说我也凑个三位数给他。"

大家笑着，舀着作为饭后甜点送来的绿茶冰淇淋。宰万气呼呼地刮着冰淇淋。他很疑惑，亨植为什么不和自己联系？他有种被人疏远和背叛的感觉。朋友是做什么的？竟然为了借一百而向那些无耻之徒卑躬屈膝。他买了单，提前离开，去自己的办公室上班。坐下之后，打开电脑，收到了几十封邮件。一封没有题目的邮件引起了他的注意，打开一看，是李亨植发来的。他说自己正辗转于全国的网吧。他在邮件中写道："我没脸见人了，怎么面对投资者？"同时他也写道："如果有余力的话，借我点儿钱吧。"现在他需要租房子，可是投资者守在孔德洞，他很难着手。他似乎仍然对搜查工作心存留恋，说如果再给他一年时间，他有信心找到。运载金条的船沉没了，从那之后再也没有打捞记录。"那艘船究竟到哪里去了？"他写道，"真正的友情和金子都不会变。"宰万正准备在网上银行输入"一百万元"，突然想起船长得意洋洋的面孔，改变主意，写了"三百万元"。然后又写邮件嘱咐他，肯定会赢，一定要找律师上法庭辩护。但再没有回信。

接下来的几个月，每天都是疾风骤雨。宰万熟知的某风险企业奇才和为他担任后援的女企业家被警察逮捕了，三十多岁的风险企业家和六十多岁的女企业家又提起了反诉。曾经合作过的企业逐渐走向没落，这是预示风险行业走向灭亡的信号弹。什么没有风险行业的收益模式，什么只有利用风险资助基金，什么制造股价骗局，各种丑闻隔三岔五爆发出来。宰万的早餐信息聚会也中断了。雷阵雨降临的时候，最好的办法是躲避。为了防备意外，他们把电脑里的邮件复制到CD上，保存在银行的私人金库。直到现在，还没有一名成员被牵扯进珍宝船事件。比起现在，以前在没有任何资料的情况下，仅凭金钱游戏推高股价的做法更加危险。

科斯达克①指数也在不断下降。风险潮流经过的地方成了一片废墟。德黑兰路和汝矣岛大厦里的空办公室越来越多。宰万辞了职，开始严肃思考去美国读MBA的问题。他的妻子当然全力支持。在铺着绿草坪的庭院里送走丈夫，自己开着雷克萨斯去购物中心，悠闲地度过一天时光，这是她小小的梦想。钱也足够多了。别的成员也是这样。借用他们的说法，增加现金保有量，维持保守地位，等待雷阵雨过去。只有一个人抽出了部分风险资金，其他投资都在。那个瞬间，他们是激烈战场上的优势方。他们冷静地抛售，不被琐碎的人情束缚。他们不和肮脏搭档交易，不在任何地方留下毛手毛脚的痕迹。对于他们来说，证券监督机构无异于盲人。

珍宝船事业的小额股东们意识到根本没有办法收回投资金之后，从名义社长已经逃跑的韩生建设集团那里夺过挖掘权，开始亲自搜索。人心妙不可言。一旦掌握挖掘权，珍宝船就变成了他们的宗教。提出质疑的人遭到驱赶。他们重新选定全罗北道的建筑公

---

① 韩国证券交易商协会自动报价系统，是韩国创业板市场，隶属于韩国交易所。

司，引来更多资金。他们认为要想收回已经投入的资金，那就只能继续投入，除此之外没有别的办法。卖掉房子、处理了店铺的人红着眼睛，在驳船上彻夜难眠。

宰万坐在自家沙发上，通过电视观看这些混乱的场面。为了安慰为留学做准备疲惫不堪的妻子，他们婚后第一次去旅行，目的地是夏威夷。对于他们两个来说，这的确是久违的假期，妻子显得很兴奋。

"你知道吗？高薪的人中有那么多工作狂。"

"是吗？"

"赚钱多了，连休息时间都用金钱计算。想到休息一周就损失几千万，谁还能安心休息？所以拼命工作，就像你。"

这话有道理。平时，尤其是股市和债券市场正常运行的日子，休息对宰万来说是巨大的危险。但是，现在他想暂时离开这个世界。整个行业都不景气，即使吃喝玩乐，也没什么损失。反而是购入少量债券和优良股票，寄希望于未来，通过 MBA 提升自身价值才是明智之举。他和妻子准备辗转于夏威夷的各个岛屿，过一段梦幻般的日子。

到达夏威夷的第一天，他们把行李放在坐落于柯哈拉海岸黑色熔岩地带的马纳拉尼度假村，一起去打高尔夫。在被喻为超越人类极限的神灵之地——弗朗西斯·布朗高尔夫球场，他和妻子呼吸着新鲜空气，尽情挥舞球杆。没想到妻子实力不凡。她每天去高尔夫练习场，头发盘起之后，每个月至少要去一次棒球场。她的技术比宰万精湛得多，尤其是在推杆的细致方面。宰万根本不是妻子的对手。打完十八洞高尔夫之后,他们在海边的室外餐厅欣赏夏威夷传统舞蹈,畅饮啤酒。

第二天他们换了球场。下午,他们在海边和溪谷里探索,傍晚乘坐游船,绕着海岛用餐。皎洁的月光映照着甲板,宰万被浪漫的气氛深深陶醉,温柔地在妻子耳边轻语:

"幸福真的不是什么特别的东西,就是努力工作之后享受到的甜蜜时光,不是吗?"

妻子肉麻地耸了耸肩膀,搂住宰万的腰。

"是的,我也很幸福。"

甲板上不乏温情的老夫妇们。他的妻子羡慕地说:

"我们也要那样老去。"

"肯定会的。"

"听说离婚率提高了很多。"

"是啊。"

"如果你因为有钱而出轨,你就死定了。"

妻子使劲戳了一下宰万的腰。宰万笑了笑,嘴上说让妻子不要胡说八道,心里却在想,谁知道呢?

五夜六天的甜蜜假日就这样过去了。这些天在高尔夫、游览、美食和悠闲的懒觉中度过。两个人上了飞机,满怀遗憾地告别夏威夷。他们乘坐的国际航班在几小时后轻松地降落在仁川机场的跑道上。两个人排队等待入境审查。奇怪的是,审查用了很长时间。负责人让他们稍等,就进了办公室。不一会儿,五六个男人跟随负责人走了出来。

"您是金宰万先生吧？"他说是。他们带着他从 VIP 出口离开。第一次享受这种待遇，并不愉快。不会是签证有什么问题吧？他想到了很多，但没有清晰的答案。他的妻子吓坏了，冲上去问那些男人究竟发生了什么事。有人表情严肃地带着他的妻子走向取行李的地方。从他们颇有威慑力的气势来看，绝对不是什么好事。瞬间，他的脑海里掠过千头万绪。难道是某次作战被戳穿了？金融监督委员会？还是……

"您认识李亨植先生吧？"

原来是珍宝船！他一下子蔫了，不过仔细一想，又没什么。这件事已经彻底结束了。除了他们，后来还有很多散户投资者闯入金钱游戏，因此不能说是他们耍了花招。他们只是在这项事业的初期投资而已。最初认为这项事业有希望，那就投资，后来发现希望渺茫，于是收手。

"他是我的大学同学，仅此而已。"

"请跟我们走一趟。"

"有事请跟我的律师说吧。"

"到了再联系。我会给你时间的。现在时间紧急。"

他们带着宰万上了一辆黑色中型车，离开机场。行驶二十分钟左右，车停下了。到达的地方不像警察署，倒像是某个贸易公司的办公室。正当宰万焦急地胡思乱想时，一个身穿深蓝色 POLO 衬衫的男人走了进来。宰万先开口了：

"李亨植惹什么事了吗？"

POLO 衬衫翻了翻文件。

"你在国外,可能不知道。"

他从文件夹中找出照片,推到宰万面前。照片上是光化门十字路口的忠武公铜像,看上去好像是从首尔市的宣传杂志上剪下来的。宰万死死盯着照片,没有什么新发现,只是一尊铜像。宰万摇了摇头。POLO 衬衫又出示了另一张照片。这张照片上的忠武公铜像,握着刀柄倒向一旁。铜像南侧,本应放龟甲船模型的地方被挖了个大坑。支撑铜像的石台也被烧焦了,化作碎片。

"李亨植是忠武公铜像爆破事件的嫌疑人,目前正被通缉。四天前的凌晨四点左右,有人利用从矿山偷来的炸药炸碎了忠武公铜像。我们以周边可疑人士和同一犯罪前科者为中心展开调查,最后推测李亨植为嫌疑犯,现在正在追捕。以前李亨植好几次声称忠武公铜像是丰臣吉秀,并且企图损坏铜像,这点在钟路警察署也有记录。还有最重要的,是这个。"

POLO 衬衫把录像带放入带仓,用遥控器打开电视。画面模糊的闭路电视上出现了一个男人的身影。他往铜像下面塞了什么东西,用打火机点火之后,慌忙跑过马路。男人转头看了一眼。这个人分明就是李亨植。橘黄色的灯光闪烁。片刻之后,画面剧烈摇晃。

"爆炸了。"POLO 衬衫解释说。

朦胧的烟雾中发出远远超出想象的巨响,李亨植似乎害怕了,用手捂住耳朵,消失在画面之外。

"是李亨植吧?"

"是的。从走路的姿态和发型来看,的确是李亨植,没错。骗不过我的眼睛。哎呀，怎么会，世界上怎么会有这种事……"

"很清楚吧？"

POLO衫又问道。真是虚惊一场。想到这里，宰万不由自主地叹了口气。紧张感消除了，旅途的疲惫扑面而来。

"是的，的确是李亨植。"

POLO衫默默地敲打着笔记本电脑的键盘。

"现在我可以走了吗？"

POLO衫抬起头，注视着宰万，问道：

"李亨植在哪儿？"

宰万瞪大了眼睛。POLO衫把转账记录复印件推到宰万面前，账户名是李亨植。

"这三百万，是什么钱？"

宰万眯着眼睛，看着复印件。

"啊，这个？他发邮件给我，说他生活有困难，我就转了三百万，让他当零花钱。"

"李亨植因为诈骗罪被起诉的事，你知道吧？"

"这个我怎么知道？"

"李亨植最后一次去找你的时候，是不是一边喝人参茶一边说忠武公铜像是他的目标？"

他们究竟还知道些什么？宰万口干舌燥。

"这个嘛，不是人参茶，是柚子茶。这点我记得清清楚楚。我们公司没有人参茶。对，是的，忠武公铜像是目标。我的确听到了他这些胡言乱语。"

"不久之后,李亨植发邮件向你请求资金援助?"

"这,这和忠武公铜像毫无关系……是单纯的……"

"可是那天下午,你立刻转给他三百万,对吧?为什么要这样做?"

"是的,不过这是因为……"

"就在第二天,矿山里的炸药被盗。你知道吧?"

"你想想,我疯了吗?怎么会出钱让他炸毁忠武公铜像?你不是知道我是谁吗?像我这样身份明确的高薪人士,怎么会无聊到去干这种事?"

"第一次见到李亨植是什么时候?"

POLO衬衫毫不激动,态度悠然而平静。

"大学一年级……"

"你们两个专业不同,在哪儿见面?对了,历史研究会吧。众所周知,那是个相当前卫的社团。他是核心成员。你们是同届。听说你们关系相当亲密。当时你是不是就被李亨植收买了?"

"收买?他是个疯子。"

"那你为什么要给疯子三百万?而且选举韩生建设集团代表理事的时候,你是不是也以理事身份投了他的票?如果你明明知道他是疯子,却同意选他做代表理事,这就是欺骗股东的行为,知道吗?你是经济专家,应该很清楚,不是吗?"

"请把我的律师叫来。"

"好的。你承认给李亨植三百万元,还陈述了自己事前知道李亨植炸毁忠武公铜像的企图,谢谢你的协助。不过,现在你还不能回家。我们先申请逮捕令。等律师来了,你们先商量一下令状实质审查的事。"

相识的郑律师来了,宰万先借他的手机到处打电话。忠武公铜像被炸事件比想象中更严重。英雄李舜臣的铜像被炸毁的消息给国民造成了巨大的冲击。这个问题和爬到上面挥舞太极旗示威有着截然不同的性质。他的妻子受刺激病倒了,他的父母做梦也想不到他会与这件事情有关,听他轻描淡写地说起这件事,都觉得不可思议,还说一旦抓到罪犯,应该在光化门十字路口处以极刑。结束通话后,律师冷静地把成员们的动向告诉了他。所有借给亨植逃跑资金的成员都被传唤,接受调查。现在是借款额过百万的人在接受调查,其中借款额最高、达到三百万元的宰万被认为是主犯。目前,国家情报院认为这是企图制造国家混乱的恐怖事件,正在严查用于爆炸恐怖事件的资金来路。关于这件事,人们众说纷纭,有的说事件背后藏着亲日组织,还有人说这是无政府主义者的行为。

直到这时,宰万才小心翼翼鼓起勇气问道:

"那么,这里是国政院吗?"

"哦,带你来的时候没说吗?是国政院。这些人,你也看到了,很斯文。不过只有抓住李亨植,你才能恢复自由。他被抓到,检查结果显示他是疯子,这样对你比较有利。不过这次事件已经引起了强烈关注,所以……天啊,竟然用炸药摧毁忠武公铜像,现在全国上下都乱套了。"

"是啊,他就是个疯子。他相信忠武公铜像的实体是丰臣吉秀。啊,我怎么会认识这个家伙……"

律师礼节性地安慰宰万，说要准备令状实质审查文件，回办公室去了。宰万仍然穿着在夏威夷时穿过的亮丽衣服，焦躁地打发着时间。国政院静悄悄的，一点儿声音也没有。他侧耳倾听，除了电梯停下时发出的铃声，什么也听不到。在这个安静的房间里，他思考了很多关于李亨植的行踪和自己命运的问题。他在哪儿？他也和国政院的人们一样，很想知道亨植的下落。但是，即使他被抓到，问题也无法解决。跟他有关的珍宝船事业的投资者会像蜂群似的拥来，珍宝船事业的真相很可能会彻底暴露。李亨植被抓到了担心，抓不到也担心。拜托你找个地方死掉算了，这个冤家。宰万一次又一次地祈祷。

接过令状实质审查之后，宰万还是被拘留了。警察认为，虽然事发当时宰万不在国内，但是嫌疑犯购买爆炸物之前，他在没有明确原因的情况下给毫无业务关联的嫌疑犯汇款这点属实，而且律师对此做出的解释也不够充分，再加上事件发生之前向公司提出辞职，不乏逃跑或毁灭证据的嫌疑。裁判部肯定了警察的怀疑。宰万之外的其他成员，因为金额较少，而且没有逃跑嫌疑，所以全部释放。宰万在令状实质审查中遇到了别的成员，叹息着说：

"哈，真没想到我要为三百万元坐牢。"

船长咬牙切齿地说：

"那人真是个疯子。你受苦了，我们会想办法的。"

船长开着等候在法庭门前的汽车回家了。忠武公铜像事件被认定有金融界三十多岁的精英作为后台，因为事件过于荒唐而引起了金融监督机构的注意。金融监督院接过国政院提供的资料，进入内部调查。媒体也不肯罢休。船长和其他成员好不容易避免了人身拘留，却无法避开媒体充满好奇的顽强追击。公司也要求他们递交事件经过报告。在以顾客信任为生命的金融企业，这是理所当然的要求。面对接连不断的风险违法行为，公司没有余力再接受有问题的人。他们相继离开了公司。媒体和金融监督院的追踪却在继续。几天后，一家经济杂志发表了题为《珍宝船和忠武公，怪异的联系》的报道，写满了只有内部人士才可能知道的详细信息，完全可以作为公诉状，只是没有提到准确日期罢了。

报纸开始刊登读者投稿，要求收回骗子的钱，修复忠武公铜像。几天后，包里塞满美元、准备离开机场的船长被逮捕。李亨植依然行踪不明。既然抓不到犯人，他们只能代替犯人成为媒体和大众的靶子。金融监督院和警方仔细调查了他们的全部金融交易，即使相对正常的交易也被怀疑为投机。最后，他们再次面对令状实质审查。这次的实质审查更加严格，几乎无人逃脱。法官义正辞严地说，伪造股价是对善意投资者造成损害的恶劣犯罪行为。船长辩解道：

"善意投资者？有这样的人吗？只有被信息迷失双眼的投资者。"

法官眼睛眨也不眨，便做出执行拘留令状的判决。船长和成员们陆续出发，前往拘留所。路上有很多珍宝船事业的投资者拥来，朝他们扔鸡蛋。船长的脑袋被鸡蛋弄得狼狈不堪。尽管如此，投资者似乎还不解气，到船长和成员们的家里大闹一番。

这之后李亨植仍然没有消息。有人说他偷渡去了日本，有人说他在越南做生意，甚至有人说他在巨济岛附近找到了别人已经放弃的"山下"珍宝船。偶尔，也有人说看到他在智异山拔铁桩。每当这时，缉拿大队都会紧急出动，追踪李亨植的下落，然而每次都空手而归。

忠武公铜像被重新竖起，不过不是用宰万他们的钱。借助电脑图像技术，铜像几乎恢复了原貌。铜像修复之后，人们渐渐忘记了忠武公铜像被炸事件和珍宝船的骚动。两架飞机撞击纽约世贸中心大楼，为这两件事的集体忘却做出了决定性的贡献。全世界的电视从早到晚反复播放巨大建筑物的倒塌画面。高层大厦里的上班族们每天夜里都噩梦连连。某天凌晨，一个男人出现在光化门教保文库旁边，站在写有"人造书，书造人"的围墙前，望着新建的忠武公铜像。打扫街道的清洁工拿着塑料扫帚，拂过他的脚下。他叼着香烟，瞪着忠武公铜像。清洁工悄悄地瞥了他一眼。他拦住一辆路过的出租车，说要去江南高速汽车站。出租车经过忠武公铜像的时候，他问司机：

"您听说过忠武公铜像的原型是丰臣秀吉吗？"

司机摇了摇头。

"哎呀，怎么可能呢？这是新建的。您说的是以前那个吧？"

"以前那个是吗？"

"我好像听说过。"

"那您有没有听说过忠清南道长项珍宝船的事？"

"这个倒没听说过。现在这世道，哪来的珍宝船？现在是用手机拍摄发送的时代，不是吗？"

"哈哈,是吗?"

比起这种不切实际的故事,中年出租车司机更关心明年的总统选举。他慢慢地提高收音机的音量,时事评论家正在高谈阔论。出租车到达高速汽车站,他拿着黑色皮包,大步流星地朝着湖南线方向走去,消失在人潮之中。

搬　家

　　所有的人都说没什么。"搬家的事交给我们，你们去旅游吧！"某个打包搬家公司的广告传单上这样写道。没什么大不了的。工人们早晨来，晚上走。当然，这期间东西已经搬到了新家。仅此而已。打扫得干干净净，甚至还有保姆跟来帮忙整理厨房。如果柜子后面破了洞，他们可以帮助修理。如果问题严重，还会给予赔偿。"眼睛，"朋友用手指指着自己的眼睛，"只要这双眼睛睁着，就一切OK。"周围的人都这样说，振修还是不放心。那也要有人看守行李，不是吗？他们要是偷东西怎么办？这个嘛，大可不必担心。因为现在都用云梯车装卸行李，没等落地，行李就嗖地进入载重五吨的卡车货箱，就算想偷也来不及。而且行李都用箱子包着，根本不知道里面是什么。好不容易偷走了，里面却是被褥，那该有多泄气？听起来也有道理。最近的确没听说周围有人因为搬家而丢东西。为了让不安的他放心，朋友又补充了几句。没必要事先打包，那些人会做的。如果主人事先打好包，拆开整理的时候反而会混乱。据说连书也会按照原来的顺序摆上书架。搬家那天早晨拿出来准备在地铁里读的书，傍晚又被插回原来的位置，是不是很了不起？我们国家真的进步了很多。虽然不完全相信这位朋友的话，但他的确放心了。也许是这个缘故吧，振修迟迟没有选好搬家公司。相比之下，他更关心从银行贷款弥补不足的购房款，或者装修将要搬去的新家。粉刷墙壁，更换仿实木地板革。橱柜用了太久，门框吱嘎作响，连同鞋架也换了新的。边缘变黑、亮度降低的白炽灯换了，落满灰尘的餐桌灯扔掉，买了浪漫的卤素灯。感觉不像搬家，倒更像布置婚房。在安装了新橱柜、换了新地板革的房子里，妻子做梦似的说，三十坪①的房子是我们多年的心愿。他们要实现躺在沙发上看电视的朴素梦想。促销开始，他们就赶到百货商店，看沙发、餐桌和茶几。若想多得赠品，就要分开购买，妻子微笑着说。这是生活的智慧！第一天买了床，第二天买餐桌，第三天买了茶几。凭借三张发票，他们得到了日本产的餐具套装和充电式吸尘器、电水壶。振修心情大好，于是给妻子买了带小镜子的梳妆台。"在卫生间里就可以了。"妻子嘴上这么说，心里却很高兴。这是理所当然的。五年来，他的妻子只能在凌乱地摆放着牙刷和牙膏、洗发水和香皂、洗衣用橡胶手套和浴帽的卫生间里往脸上擦粉底。幸运的是，他们在那么小的公寓里没怎么吵过架。每天早晨都要急切地敲卫生间的门，催促先进去的人，然而谁都没有因此不耐烦。他们是典型的双职工夫妻，在保留着对方臭味的卫生间里看报纸、洗头和刷牙。他们在十七坪的公寓里生活了五年。他需要放着摇椅的客厅，需要有宽阔书桌等待自己的房间。妻子迫切需要梳妆台和另

---

① 一坪约为三点三平方米左右。

一个卫生间。他们并没有着急。再等一等，他们互相安慰，或者自我安慰。五年岁月就这样流走了。

搬家一周之前，振修终于选定了搬家公司。不，他不好意思说是选定。他只是看到信箱里的广告，按照上面的号码拨打了电话而已。他们痛快地来到振修的家，报完价就回去了。价格比预想的低廉，到家来的职员也很亲切。如果对工人不满意，随时可以打电话，他们马上换人。就在他们报价那天，他们住的旧公寓一层贴出了告示。为了更换经常出故障的电梯，三天后电梯将停用十天，请大家谅解。振修眉头紧蹙。他们家住十二层。公寓是过道式，全体住户只能使用位于中间的电梯。"我在上面监督他们搬东西，你下去做你的就行，有什么需要就用手机联系。"气喘吁吁爬到十二层的振修这样安慰妻子。为什么偏偏赶在这个时候更换电梯？适当地修修不就好了？妻子恼羞成怒，却也没有办法。三天后，电梯的位置变成了一个巨大的空洞，深邃的黑暗从敞开的电梯门里暴露了出来。没办法了。振修和妻子上气不接下气地上楼下楼。"我们还算幸运的，只要坚持三天就行了，我们离开之后，别人还要步行上下楼梯一周呢。"妻子说。振修随声附和："是啊，真受够了，动不动就出故障。漏水、断电、停水，而且妇女会为什么那么凶？管理一塌糊涂，物业费还那么贵。那些把过道当成跑道的小孩子也很恐怖。现在要跟这些说再见了。"两个人兴高采烈地谈论着，一副恨不得大喊"万岁"的架势。但是，他们不约而同地停了下来。也许突然觉得这些责难都像对房子某种固有神圣性的亵渎。足足住了五年的地方，不能这样说它。振修努力寻找明朗的语言："在这里，我们一切都很顺利。我的年薪长了两倍,你也搬到了首尔。虽然这里吵闹混乱,但是现在也有了感情。"振修的声音模糊了,站起身来。该扔的就扔吧。妻子也来帮忙。两个人开始整理旧杂志和不看的书,以及不用的家具。他们戴着棉手套,满头大汗,专心致志地整理。藏在家里的东西比想象的更多。振修的妻子从阳台仓库里拿出东西,嘻嘻笑了。"如果我能透视你的脑子内部,可能是这个样子吧。"她解开错综复杂的电线,像打开戈耳迪之结,继续说道:"你偶尔会有这样的想法吗?一个人的家就是他的脑子。"振修环顾四周。没有分类的书堆,再也不会翻看的照片、电脑和打印机,各种杂物争抢地盘的抽屉,房间角落贴着表现他的寒酸艺术趣味的复制画。在他脑子里逐渐退化的功能,在家里也毫不例外地蒙上了灰尘。高中数学参考书不知从哪儿冒了出来,仿佛稍稍碰触就会变成灰尘掉落。忘了使用方法的老式手动相机也出现了。

"今天就到这儿吧。"振修摘下棉手套,对妻子说。"好吧。"两个人轮流到卫生间洗澡,爬上床,眼睛滴溜溜地望着天花板。"不时出现的那个朋友,最近很少见到了,不知道他好不好?"妻子猛地戳了戳振修的腰眼,"我不是开玩笑,真的有这么个人,三十多岁的男人,个子挺高,长得像郡政府职员,站在床头,低头看我睡觉,不像恶鬼。"扑哧,振修嘴唇一抖,调皮地笑了。"是不是喜欢有夫之妇的鬼魂?嘿嘿。这是因为你气虚。上次你吃过治疗贫血的药物之后,有段日子没有梦见他,不是吗?"妻子撇了撇嘴。"不过很快又出现了。奇怪的是,你在身旁的时候,那个鬼魂就很安静。"振修的调皮天性被唤醒了,他起身靠坐在墙边。"难道?"振修两眼一亮,"那个朋友,住在墙里?"妻子朝振修这边靠过来。"怎么会在那里面呢?"振修开了灯,指着某个地方。事物的形体变得分明。"你干什么,真是的,"妻子使劲捶打振修的后背,"不要说这种话,好可怕。"振修手指的地方摆放着一件坛子状的黑不溜秋的陶器。陶器两侧带有小巧玲珑的耳朵,可以用绳子连接,挂在墙上。没有盖子,颈部很短。因为有两只耳朵,所以叫双耳;因为颈部短,所以叫短颈壶。这样的陶器被称为双耳短颈壶陶器。那是振修跟着在这方面颇有造诣的前辈去仁寺洞买来的。掏信用卡的时候,振修小心翼翼地问店老板:"年代很久吗?"老板好像在计算杂碎汤价格,冷冰冰地接过信用卡,回答说:"这是洛东江东岸地区的伽倻陶器,大约有四五个世纪了吧。"这方面很有研究的前辈也有点儿惊讶。他正在看古典家具,转身面向老板。"只卖这个价钱吗?"他瞥了一眼信用卡账单。"因为货很多。近来经常有土木工程和道路工程发现了这种东西。出口很难,国内又没需求,当然便宜了。以前有很多日本人来买,他们很疯狂。可是现在,想要带出去非常困难。"

走出店门,前辈带振修去了附近的茶馆。"我们再看看。"他坚持拆开老板小心翼翼用塑料缓冲剂封好的包装,仔细观察。"是盗墓品。"他指着陶器下端的屁股部分。有几个地方像麻子脸,露出了黄色的肉。"盗墓者为了找坟墓里的东西,"前辈张开双臂,做出用长矛戳坟墓的动作,说道,"会这样戳下去,看看里面有没有东西。有的陶器被戳中,于是就出现了这些伤痕。总之你买对了。一件不错的伽倻陶器,价格和一套好西装相当。""家里放置一件一千五百多年前的东西,这可不容易啊。"前辈咂着嘴说。

天黑了,两个人转移到酒吧。振修完全没有醉意,因为伽倻陶器。他买过各种东西,这么古老的东西还是第一次。时间差不多了,他结束酒局,坐地铁回家,小心翼翼地打开伽倻陶器,扫了扫灰尘,虔诚地把它放到斗柜上面。尽管是在十七坪的公寓里,这件历经一千五百年岁月的陶器还是散发着特有的韵味。一千五百年的一件伽倻陶器,仿佛瞬间瓦解了公寓这种集体居住空间特有的原始属性。每次振修都心情激动地抚摸着陶器的耳朵和嘴巴。再等一等,陶器。现在我们要搬新家了,我会为你准备漂亮的位置。

妻子有点儿吹毛求疵。她时常摸着陶器下面的伤疤,也就是"中矛"的痕迹说:"这里总让我耿耿于怀。""仁寺洞到处都是这种东西,不用担心。"妻子摇头。"不,我不是怕被人发现。这件陶器又圆又宽,看上去就像人受伤的脸。你没有这种感觉吗?"她一边说着,一边不停地抚摸陶器的表面。"那也还是很美,"他说,"埋在坟墓里上千年做什么啊,出来晒晒太阳,让人摸摸多好,不是吗?对于陶器来说,这也是福分。它的朋友们可能还埋在地下深处,呼吸都不自由。"

从那之后,伽倻陶器就在堆满杂物的公寓里落脚了。"我梦魇和这个没关系,"她把被子拉到眉头,说道,"因为它来到我们家之前,我就经常梦魇。"振修下床,朝陶器走去。"被那个酷似乡村公务员的男人惊吓,不是从陶器来我们家开始的吗?"妻子掀开被子,恶狠狠地瞪着他。"你不会嫉妒那个鬼吧?行了,快过来睡觉。明天一大早还要出门呢。你这个做老公的却胡说八道。"两个人开着玩笑,不知不觉进入了梦乡。

两天后,他们迎来了旧公寓里的最后一夜。也许是兴奋的缘故,妻子迟迟无法入睡。反正已经这样了,还不如起床算了。妻子披上羊毛开衫来到客厅,茫然地打量着橱柜的各个角落。振修也一样。事情多得超出了想象,比如入住登记、电话移机、停供市政燃气申请、物业费清算,还要整理支付余额的相关文件。直到深夜,他们才入睡。那天夜里,没有人来找他们。取而代之的是伴随着沙尘暴的强风,敲打着他们熟睡在里面的公寓窗户。夜越来越深,风也越来越猛烈。咣当咣当,窗框和松散地安装在上面的窗户相互碰撞,发出刺耳的声音。源于塔克拉玛干的灰尘拼命钻入他们熟睡的房间,留下沙漠的味道。漂洋过海的灰尘公平地落在伽倻时代的陶器上,落在事先装好的贵重品上,也落在振修和妻子的鼻梁上。

"阿嚏。"振修打着喷嚏,猛地坐起来。电视顶上的数字钟表指向早晨六点十五分。加湿器喷出的水蒸气散发着湿漉漉的霉味。喉咙干涩,鼻孔里面发痒。他来到客厅,打开冰箱门,拿出水桶,对着桶口喝了起来。砰砰砰砰,仿佛从远处传来鼓声,又像牛群冲入漫天尘土的蹄声。仔细一听,声音的来源越来越明晰。振修打开通往阳台的玻璃门。窗户在摇晃,穿过缝隙的风发出长而尖锐的口哨声。振修紧贴窗边,低头往下看。树枝倒伏,剧烈颤抖。贴在小区门口的横幅在夜里被撕碎了,像战场上的旗帜似的猛烈飘摇。停在存放处的自行车,大多数都倒了。好猛烈的风!如果那天和别的日子没有什么不同,普普通通做,振修也不会再去想风的事了,而是关心早报有没有按时送达。然而那天是他们搬新家的日子。从十二层降落的行李要装车，然后送到十七层。振修叫醒妻子。睡眼惺忪的妻子看到沙尘暴，指着半空说："山消失了。"偶尔他们拿着羽毛球拍爬过的后山，坚固的形体已经被黄色的帷帐取代。这只是座海拔百余米的小山，因为有它，附近的人们才能知道自己不是飘在半空。山消失了，住在十二层的他们陷入了一种虚妄感。"哦，好大的沙尘暴。"刚从甜睡中醒来，她却没有打哈欠。"怎么办呢？"她忧心忡忡地站在阳台上，望着消失的山。"还能怎么办，快点儿洗漱做准备。"说完，振修先去洗漱了。他洗了脸和手，简单刮了胡子，犹豫着要不要洗头发，最后还是放弃了。

他们轮流出入卫生间，忙得不可开交的时候，门铃响了。这么早就来了？妻子手还没擦干，匆忙去开门。一个不算老也不算年轻的男人站在门外。这个人无法猜测年龄，什么年龄都不适合。说五十岁吧，他显得有点儿轻浮；说四十岁吧，脸上又保留着太多的岁月痕迹。也许是因为酒气，男人灰白的眼睛迸出血丝。蓝色半袖衬衫上披着黄色的马甲，背后用粗黑体字模模糊糊地印着打包搬家公司的名字，喜鹊搬家公司。正在这时，一阵强风通过敞开的门涌入，仿佛是他带来的风。大概是因为风，振修的妻子眯着眼睛转过身去。"来得好早啊。"

没有回答。包装搬家公司的男人大步迈进家门，穿着鞋大步流星地走进客厅。他的篮球鞋在他们擦了五年的地板革上留下清晰的脚印。"电梯坏了，应该先说一声。"他说着听不出是敬语还是平语的话，使劲打开冰箱门，从里面拿出一罐啤酒，冲着振修嘿嘿地笑。不像请求同意，倒像获得了战利品。振修也跟着尴尬地笑了笑说:"啊,好的,喝吧。""电梯什么时候坏的?"男人用质问的语气说。振修无法继续保持温和的态度。"有几天了。报价的时候,没想到会这样。再说云梯车来了,没有电梯好像也无所谓吧。"男人手里握着喝光的啤酒罐,轻松捏扁,笑容酷似被捏扁的易拉罐。也许在有些人看来,这种态度明显就是威胁了。男人指了指外面。"你是说让我们坐云梯车上上下下?那是人坐的吗?"男人嘴里散发出浓浓的酒味。振修摆了摆手,向男人道歉:"我以为人也能坐呢。啊,总之对不起。不过怎么办呢?没有电梯。"

"拼命往上爬呗,还能有什么办法。偶尔我们也有乘坐云梯车的时候,不过像今天这么大的风,有点儿危险。弄不好,"他用手划了一下自己的喉结,"咔嚓。"划过喉结的手指猛地扎向地板。忽,咣,咯,他像个独角戏演员,用手表现坠落死亡的过程。一边做动作,一边皱起脸大笑,也不知道有什么好笑。"行李倒是不多,就是书有点儿多。哎哟,这又是什么,哪儿来的坛子啊?"男人戴着棉手套,摸索着陶器。振修慌忙朝他走去,小心翼翼,试图从他手里夺过陶器。男人轻轻转身,阻止振修接近自己。"让我看看,什么了不起的东西啊?不就是个土坛子。"

"师傅!"妻子温柔而果断地给了男人当头棒喝。"放回原处,开始工作吧。"男人也不是省油的灯。"真奇怪,我问这是什么,你们不回答,还冲我发火。难道你们担心我会把它怎么样吗?"男人慢吞吞地把陶器放回到原来的位置。"妈的,我必须知道它是大便,还是豆酱,才能决定是用塑料袋打包,还是装进箱子,还是扔掉,对吧?你说让我开始工作,如果这不是工作,难道我吃饱了撑的,一大早呼哧呼哧爬上没电梯的公寓做体操吗？"振修抓住妻子的胳膊。"对不起，这是我们第一次搬家。那是伽倻时代的陶器，请您小心点儿，别把它弄碎。这是今天要搬的最重要的物品。"男人又拿起陶器。他的任何举动好像都没得到别人的许可。"伽倻，伽倻是我的专业，我是金海金氏家族的后代，金首露王的第八十五代玄孙。可是，哎呀，伽倻，年轻的老板，伽倻是什么时候灭亡的？"振修呼吸变得急促了。妻子也是一样。"喂，师傅，您非要知道伽倻是什么时候灭亡的吗？"对于轻易不会大声说话的振修来说，这需要相当大的勇气。面对振修的回应，男人竟然乖乖地把陶器放回原来的位置，后退了几步。"我和它有血缘关系，你竟然还发火，啊，妈的。"男人走向玄关，"喀"，大声往走廊里吐了口痰。这个举动过于自然，一点儿也不感觉丑陋。走到门外，男人站在十二层的栏杆旁朝下面大喊："喂，送到上面来。"很快，嗡、咯噔、嗡、咯噔的声音越来越近。最后，只听咣的一声，推到上面的梯子顶部碰到了十二层的栏杆。黄马甲男人固定好梯子，往栏杆上面铺了旧毯子。动作非常熟练，不像新手。

男人做这些的时候，妻子走到振修身边小声说："怎么办？就这么搬吗？这个人我不喜欢，让他们换个人吧。"振修面露难色。"今天上午必须把房子空出来，现在怎么换人？恐怕不行。万一我们打了电话，对方说不行，这人肯定更生气。没办法了。"振修的妻子也不肯罢休。"至少打个电话。"振修不得不到阳台上给打包搬家公司打电话。电话打通了，没有人接。不知什么时候，男人来到焦急打电话的振修身边。振修合上手机盖。"就算不满意，也不要对我们指手画脚，我们是按天算工资，有什么话你可以跟公司说。我们只要把这些东西搬到那个房子里就行，"男人像看懂了振修的心思，冷嘲热讽地说，"今天恐怕很难找到别的工人了，没有人手的日子很可怕。"他抬起自己戴棉手套的双手，笑了。很简单，没有人手。他戴棉手套的手掌部位做了防震处理，红色，乍看上去像沾了血。振修不由自主地颤抖起来。男人卑鄙地笑着。振修像乞求慈悲的俘虏。"是啊，也不知道是谁发明了没有人手的日子。总之今天拜托您了。啊，梯子已经上来了吧？"

男人没有回答，猛地推开阳台窗户，皱紧了眉头。今天风真他妈大，不知道梯子是不是牢固。因为什么沙尘暴，喉咙干巴巴的，真让人难受。男人又朝过道栏杆的梯子方向走去。振修留在阳台上，望着窗外。沙尘暴似乎更强了。现在，连前面的公寓楼都看不清了。唉，振修叹了口气，并不是冲谁。叹息声像信号，两个人从玄关走了进来，一个四十多岁的大婶和一个三十岁出头的男人。大婶爬楼梯累得疲惫不堪，连连喘着粗气。相比之下，穿着白色运动鞋的男人却很平静，完全没有疲惫感。两个人只是轻轻低头，没跟振修夫妇说什么。"快请进，要不要喝点儿凉快的东西？"女人摆手说不用。振修往白运动鞋那边看了看，男人不但没有回答，甚至连看都没看振修。振修还想再问一遍男人的意思，中年女人阻止了他。"算了。他是朝鲜族，耳朵听不见。原来在安山的毛皮工厂还是皮包工厂上班，后来发生什么事故，好像砸到了耳朵。反正他的耳朵聋了，有什么想说的话，可以写下来，或者跟我说。"朝鲜族不可能听见他们两个人的对话，默默地把通过梯子送上来的纸箱搬进房间。黄马甲在外面卸装备。振修又叮嘱女人。"看到那个陶器了吧？那是伽倻陶器，请小心包装。"女人瞥了一眼说："不用担心。""会碎是吧？"女人查看橱柜的各个角落，说道。"不，不能弄碎。我是说请你们不要把它弄碎。"女人笑了。"你以为我是傻子吗？我是问如果掉在地上是不是会碎。谁会故意打碎它？"振修有点儿郁闷。女人拿出盘子，发出嘈杂的响声。正在卧室收拾寝具的妻子来到客厅，好像被什么吓着了，突然停下脚步。她死死地注视着耳聋的朝鲜族男人的侧面，缓缓摇头，不会的，怎么可能。"怎么了？"振修走过来，小声说道。振修的妻子勉强笑着，摇了摇头。"没事，什么事都没有。"

整理行李进行得很顺利。搭在栏杆上的梯子被强风吹得发出刺耳的声音，摇摇晃晃。黄马甲说："这不算什么，放心吧。"随后他又说："大不了就是掉下去，还能怎么样。"他们好不容易放心了，又被这句话弄得心惊肉跳。"大概是三年前吧，有一户人家，就跟这次差不多，电梯坏了，那天风也很大。一个工人懒得走下去，就去乘坐云梯车，坐在衣柜旁下去，梯子却在中间停了下来。啊，真是疯了，"他兴高采烈地说，"附近的人们都来看热闹，彻底乱套了。我们大声喊，喂，臭小子，别动。好像是什么东西被卡住了，我们在下面修理，如果不行，就打119。这家伙年纪太小了，本来他可以一动不动在上面等着，却总是动来动去。那天有风，梯子摇摇晃晃，他肯定吓傻了。可是兔崽子，那也不能乱动啊。"说到这儿，男人点了支烟。"后来怎么样了？"黄马甲使劲吸了口烟，吃力地说："你们觉得他可能会死吧？"男人笑了。"他是泰国人。情急之下，他用自己国家的语言大喊，我们怎么可能听得懂？他顺着梯子吃力地往下爬。突然刮起强风，他像塑料袋似的飘摇，从五米高的地方坠落了下来。算他运气好，挂到了树上，只是腿上受了两处伤，三根肋骨骨折。如果那个兔崽子死了，什么搬家之类的都完了。年轻的老板，你知道搬家最重要的是什么吗？"不等振修回答，他就自己说了。"就是不能死人。如果有人死了，搬家什么的就只能停下来，嗬。"

是的，不要死，至少在我们搬家结束之前，装书的朝鲜族和收拾厨房家什的大嫂，还有那个黄马甲，绝对不能死。他们不能死的原因仅仅在于自己要搬家。想到这里，振修产生了隐秘的快感。呼，大风扬起灰尘，从敞开的门侵入进来，带着强烈的干土气味。窗户摇晃，像在迎接风的到来。远处的山脊犹如古老王陵的脊线，梦幻般露出形迹。山的底部沉在尘埃里，只有山顶的轮廓飘浮在天空中。振修从抽屉里拿出两个口罩，一个递给妻子，另一个遮住嘴巴。空气里带着土腥味。

三名工人互不交流，都在认真做事。家里的东西一件件进入箱子，包装起来。穿白色运动鞋的朝鲜族不时地独自笑笑，也不知道有什么开心事。他用嘴巴咬断胶带的时候笑，往带轮子的平板上装东西的时候也笑。"我先下去了，"妻子走过来，对振修说，"总得有人下去啊。有事打电话。"每下一层楼梯，妻子都因为头晕而痛苦。她最讨厌转圈了。"你不要看眼前的楼梯，往远处看，这样头晕会减轻些。"振修的建议并没有什么作用。她也想这样做，可是做不到。如果不看脚下，总感觉自己会突然踩空。每当这时，振修就笑她说:"小时候看的古代故事太多了,才会这样。那些故事里面有悬在空中的楼梯。往上爬,可以看到耸立着尖塔的城堡。主人公上去的时候,楼梯塌了。"振修的妻子摆手说:"别说了,我真的头晕。"妻子抓着栏杆,下了十二层。"啊,应该不用再上来了。"

振修从中央楼梯回来,看见三名工人正聚在冰箱前吃着冰淇淋。"反正也要化嘛。"大婶泰然自若地说,用舌头舔了舔冰淇淋杆。冰柜在大婶脚下张着嘴巴。"你媳妇从来没收拾过冰箱吧。也难怪,现在的年轻女人哪有时间干这个啊。"汗珠在额头滚动,啪嗒,滴落到脏地板革上。她用戴棉手套的手背擦了擦额头。振修走进卧室,观察搬家进度。转眼间,已经有很多东西装进了箱子。"陶器装起来了吗?"振修没看见陶器,问起了它的下落。黄马甲摇了摇头。"我没有装,"他指了指朝鲜族,"他应该装起来了吧。"黄马甲用手画出陶器的形状,问朝鲜族怎么处理的。朝鲜族似乎没听明白黄马甲在问什么。振修指了指放陶器的斗柜。朝鲜族这才明白了,用手画了个圈,含糊不清地说了声 OK。他看了看振修怀疑的表情,用手画出陶器的轮廓,点了点头。振修很着急,对黄马甲说:"那个东西要单独携带,或者小心放在木箱子里,不能打碎。"黄马甲满不在乎地笑了。"你以为他是朝鲜族,又是聋子,就没把他放在眼里吧。他不是傻子,你不用担心,他在这个圈子里混的时间只会比我长,不会比我短,他肯定知道怎样做。应该装进某个箱子里了。"黄马甲指了指堆在卧室里的那些箱子。振修想问问放在哪个箱子里了,却又没问。反正现在也不能拆开了。应该事先放到车里。振修后悔了,但是为时已晚。

"要不要先把这些送下去?"黄马甲来到过道栏杆旁,冲着下面喊道,"上来!"伴随着怪物咆哮般的声音,带梯子的平板开始向上移动。嗡嗡嗡嗡嗡。振修往下看去。因为刮风的缘故,梯子岌岌可危地在摇晃。妻子也在下面往上看。振修好几次打电话告诉妻子,说外面有沙尘暴,让她上车。妻子说没关系,不肯上车,而是买了饮料,分给接行李的云梯车司机和工人,也送了一些到上面。

平板刚到上面,黄马甲就开始往上装箱子。平板以同等的高度与栏杆相连,像靠近码头的船只。黄马甲把东西堆在上面,偶尔也亲自上去调整箱子的位置。风很大,他毫不顾忌。千万不要死,振修抬头望着爬上栏杆的黄马甲,祈祷他平安。哨哨,黄马甲敲了几下平板,载着六个箱子的平板跟随梯子下去了。风迫不及待地抽打着黄马甲和振修。振修不由自主地抓住黄马甲的胳膊。黄马甲本能地甩开振修的手。突然间,咣的一声,梯子的声音戛然而止。两个人同时往下看去。平板停在七层左右。"怎么回事?"黄马甲喊道。"又他妈没放多少东西,怎么会这样。"他自言自语。这时,平板又慢慢地向下移动了。下面握着遥控器的司机小心翼翼地拉过平板。又停了几次,平板终于碰到地面。振修放心地吁了口气。黄马甲若无其事地回到房间,继续搬东西。装在箱子里的东西都送到下面了,黄马甲和白运动鞋开始处理衣柜之类的大件。不知不觉间,家里已经露出空荡荡的内部。冰箱后面积累了煤炱似的黑色灰尘,柜子后面长了霉斑,洗衣机底下堆着深褐色的污泥。尽管他们认真打扫,灰尘和霉斑还是在他们身边扎了根。黄马甲和白运动鞋满头大汗搬动衣柜的时候,振修蹲在地上,收起了掉落到地上的百元硬币。蚂蚁军团在脏兮兮的百元硬币上面列阵穿梭。

"即使一个人住,房子也不完全属于一个人。"黄马甲不知什么时候进来了,站在用手指碾死蚂蚁的振修身后唠叨。振修甩掉黏在手指上的蚂蚁尸体,站起身来。"是啊,这么小的房子,竟然什么都住在里面。""鬼魂也住在这儿呢,"黄马甲在衣柜前盖了毯子,"奇怪的是,鬼魂也喜欢温暖的家。你们家正合适,没有孩子,很安静,您夫人也很漂亮,嘿嘿。"

最后一个柜子送下去了,家里空空如也。大婶拿着笤帚,心不在焉地扫地。振修避开大婶,环顾家里的各个角落。这是他和妻子结婚时的婚房。是的,最初就是这样宽敞。后来堆满了生活用品,连呼吸都变得困难,并不是从一开始就这样。两个人在地上打滚,享受幸福,放开音乐,跳布鲁斯。他们打滚的地方很快就放上了音响,跳布鲁斯的地方填了书架。最后,连跑步机和伽倻陶器也陪他们生活在这个房子里了。"好了,下去吧。"黄马甲把剩下的箱子和工具放在梯子平板上面。"唉,我也乘梯子下去算了。"振修没有阻止。朝鲜族没听到他的话,默默地走向中央楼梯。爬上栏杆的黄马甲像走钢丝似的张开双手,试图把持重心。这样似乎并不容易,他跟跟跄跄地摇晃起来。"很危险,下来吧。"黄马甲似乎在等待振修这句话,轻轻一笑,爬上了平板。"楼下见。"他朝下面发出信号。咔嚓一声,平板往下移动。振修靠着栏杆,望着他的身影渐渐变小,直到消失。风依然猛烈,山脊依然只剩轮廓。黄马甲笑嘻嘻地冲振修挥手。每经过一格梯子,平板都会剧烈摇晃,不过还是平安到达地面,什么东西都没有掉落。振修感觉双腿松懈,身体靠着栏杆,坐在过道里抽起烟来。漫长的一天。哔哩哩哩,妻子打来了电话。"都搬下来了吗?""嗯,搬完了。""你好好看看,然后下来吧。""好的,下面没事吧?""最后一件行李已经搬上卡车了。对了,家里怎么样?""家里?当然是乱作一团了。我无法相信我们曾经在这里生活过。"妻子的笑声从电话里传来。"今天你怎么变得多愁善感了?有人住的地方都是这样。对了,我给你讲个有趣的事,好不好?"说到这里,妻子压低了嗓门儿,"那个朝鲜族师傅,跟我见过的鬼魂一模一样,你知道吗?可是那个人,真的是朝鲜族吗?他会不会说话,我们谁都不知道,会不会耳朵能听得见?"

振修锁上门,沿着楼梯向一层走去。黄马甲正在为五吨卡车的货箱锁门。朝鲜族男人不见了。整理现场之后,振修和妻子跟出来送他们的保安互相告别。"多保重。"振修和妻子上了车,先于卡车出发了。

新家距离这里并不远。吃过午饭,他们继续工作。这次是通过电梯搬东西,因为物业不允许使用云梯车。十七层有点儿勉强,弄不好真的会掉下来。往新家搬东西看起来很简单,大件物品先摆好,然后是小件。箱子里络绎不绝地涌出生活用品,像兴夫的瓜[①]。这时,前来连接市政燃气的人让振修签名,电话局打来电话,确认电话是否接通。工人们不断地问振修,这个东西放在哪儿,那个东西放在哪儿。黄马甲搬进柜子,把新铺的地板革弄碎了三处。

---

① 这里提到的是韩国民间故事《兴夫和游夫》。兴夫勤劳善良,种植的南瓜变成聚宝盆,里面不断涌出金银财宝。

振修再次冒出新的怒气。黄马甲反驳说："因为你总说放这里、放那里，搬来搬去才这样。"把责任推给了振修。振修更是火冒三丈。我要射死你，罪名是你弄碎了新地板革。振修真想在他面前做出严肃的宣告，疯狂地想。酷似鬼魂的朝鲜族在搬书架的时候也把壁纸弄坏了两处。壁纸是蓝色系，露出的白色墙壁很是显眼。他还在衣柜后面弄出了一个小孩子拳头大小的洞。振修的忍耐到达了极限。放进冰箱里的东西也乱七八糟。厨具带着塑料包装直接装进橱柜。"是不是该说几句了？"振修的妻子眉头紧皱，低声问他。振修紧闭嘴巴。"你倒是说话呀！"振修走向正在搬音响的黄马甲。"你们非要这样吗？"搬音响的黄马甲呆呆地望着振修。"这样是哪样？"振修指了指地面。"弄碎了地板革，你打算怎么办？"黄马甲的视线从下面扫过。"这个？你让我们给你换新地板革吗？可能比搬家费更贵。拿口香糖粘上继续用吧。"黄马甲风也似的飘过振修面前。"像今天这样的日子，我冒着生命危险帮你搬家，你不说声谢谢，还挑剔什么。这种塑料地板革难道能用上千年万年？真倒霉。因为这么点儿破事吹毛求疵，你这个年轻的混账。"

振修抓住黄马甲的衣领。黄马甲不慌不忙，轻轻推开振修。振修倒在两个箱子中间。妻子大声喊叫。除此之外，没有任何人理会他们之间的争斗。耳聋的朝鲜族不知道去了哪里，大婶仿佛本来就不关心，忙着把厨房用品塞到各个地方。"师傅，你到底为什么要这样？"振修的妻子跑到黄马甲面前质问。黄马甲泰然自若地回答："为什么这样？你应该问你了不起的老公，我好好做事，你老公扑向我，抓住我的衣领，不是吗？你不是长嘴了吗？你倒是说话呀。"

振修摸着腰,吃力地站起身来。"好,既然你这样对我,我们也不会付给你剩余的款项。"听了这话,黄马甲冷笑着说:"是吗?那你自己把下面的东西搬上来吧。不对,搬上来的东西,我也要重新搬下去。今天夜里你就在下面吃着沙尘,看守你的东西吧。那场面肯定很精彩。"黄马甲大喊一声:"喂,全部撤退。"大婶已经在厨房里摘掉了棉手套。平时没有任何交流的两个人,这种时候却非常默契。黄马甲在家里转了一圈,寻找朝鲜族。哪儿都找不到。最后,他打开了客厅附带的卫生间门。耳聋的朝鲜族在卫生间里。他穿着白色运动鞋,蹲在马桶上解决问题。他冲所有人傻笑。"蠢货,连马桶都不会用。"黄马甲破口大骂,关上门。然后像辩解似的对所有人说:"他要是不这样,就拉不出来屎。"

不一会儿,冲水声响起,朝鲜族从卫生间里走了出来。黄马甲不由分说,抓住他的胳膊,朝玄关走去。不明原因的朝鲜族提着纯棉裤子,跟着他走。振修的妻子拉住他们。"对不起,对不起,请原谅。"他们这才在电梯前转过身来,理直气壮地要求付钱。"我不想再听你们说给不给钱之类的话,还是先付了吧。"妻子把准备好的信封放在黄马甲手上。他们的态度比之前更粗暴了。放在合适位置的东西好像只有冰箱。振修躲开他们,到阳台上抽烟。往下一看,十七层真的很高。风继续猛烈地抽打窗户。如果刚才风再大点儿,振修想象着黄马甲和衣柜倒着坠落的场面,也许会同时落地。衣柜裂成四半,黄马甲脑袋开花。伽利略说过物体坠落的速度与重量无关吧。振修思绪纷纷。这时,外面传来杂乱的声音。他们撤退了。振修无奈地望着他们离开。他们三个人,说不定是兄妹三人,一反来时的样子,亲密地列队走出家门。黄马甲还冲他的妻子微笑。穿白运动鞋的朝鲜族笑呵呵地跟在后面。振修默默无语地跟着他们下楼,面无表情地检查了卡车的货箱。货箱里空空如也。即使不愉快,也无可奈何。这些强盗。振修眼睁睁地看着他们上了卡车。

振修又回到家里。表面看来,全部行李都拆开了。振修在家里转来转去,检查物品。这时,西风携带的沙尘暴依然渗透到家里的每个角落,散发着尘土的气味。他感觉这种气味仿佛从遥远的地方传来,同时,他也想起了多年前的事情。坐在椅子上的振修像弹簧似的站了起来。没有,哪儿都没有发现伽倻陶器。"王八蛋。"振修着急了。他站在阳台上往下看。顶棚上写着电话号码、载重五吨的卡车不见了踪影。拿出电话号码本,拨打电话。没有人应答。他们从哪里来,又去了哪里?振修抬头看窗外。山脊的轮廓彻底消失了。他甚至怀疑那里是不是真的有过山。"报警吧,啊,我们多喜欢那个陶器。"妻子在旁边咬着嘴唇说。振修摇了摇头。如果警察知道那是盗墓品,只会给自己添麻烦。"啊,王八蛋。那个黄马甲好像知道点儿什么。他说什么血缘的时候,我们就应该弄清楚。"

"那个东西,会不会在那儿?""那儿是哪儿?""还能是哪儿,就是我们以前的家呗。"振修摇头。"刚才我都看过了,什么都没有。""那也还是再去看看吧。"振修拿起车钥匙下楼。不一会儿,他又回到了刚刚离开的公寓。拖着疲惫的双腿步行到十二层。新房主正在往里搬东西。"对不起,请问你们有没有见到一个坛子形状的东西?"他们眯起眼睛。"坛子?没看到。"振修出来了,又迈着沉重的脚步从十二层下去。他突然感觉头晕。每下一层，都要绕一圈，整整绕了十二圈，振修才踩到地面。"王八蛋。"振修使劲踢开脚下的可乐罐。可乐罐像橄榄球似的弹了出去，滚了片刻，终于停下了。可乐罐停止的地方，好像有个什么东西。他缓缓走过去，弯下身子。粉碎的陶器碎片凌乱地散落在那里。振修捡起一块碎片，慢慢站起来，抬头往上看。这边搬家的人安装的梯子像巨大的塔，雄伟地耸立在昏黄的天空中。陶器正好落在梯子下面，变成了毫无用处的碎片。究竟是什么时候掉下来的呢？整个上午他都站在栏杆旁边。他的妻子就在距离发现陶器碎片不到十米远的地方。

"什么东西碎了吗？"公寓保安站在振修身后。"是的，好像是碎了。"保安拿来笤帚。伽倻时代的遗物轻而易举地被扫进垃圾袋。保安把陶器碎片倒入花坛，说道："啊，这该死的沙尘暴，让人睁不开眼睛。"

振修走进花坛，捡起一片被扔掉的陶器碎片，塞进口袋回家了。回家的路上，他想起了那些说搬家没什么大不了的朋友，也想起了声称"搬家的事交给我们，你们去旅游吧"的那家搬家公司。回到新家，看到他的表情，妻子什么都没问。振修用报纸包好捡回的陶器碎片，塞进书桌抽屉的深处。不知从哪里飘来了泥土的味道。不知道这味道究竟是来自沙尘暴，还是来自一千五百年前的坟墓里挖出的陶瓷碎片。不能明确的因素太多了，唯一可以确定的是，他将在全然不同于昨日的地方入睡。人们把这叫作搬家。

虽然我爱你……

1．男

那年冬天，我每天都去游泳。早晨五点半，我揉着眼睛起床，拿起放在床头的泳装包，穿过迎面扑来、扬言要割肉的刺骨寒风，走向游泳馆。我在更衣室脱掉衣服，浑身直冒鸡皮疙瘩。这时候，我通常还没有彻底清醒。进入淋浴区，热水冲着身体，我这才清醒。简单冲洗身体之后，戴上泳帽和泳镜，小跑过去，跳入水中。顺利的时候，感觉很清爽。如果因为姿势不好而弄掉泳镜，或者肚子发出砰的巨响，不知为什么，我总感觉那天的运气不会好。我能通过跳水预测当天的运势。

"看着脚尖。"

游泳教练这样教我们。跳入水中的时候，应该看自己的脚尖。当然，并不是只要这样做了就能成功。除此之外，还有更重要的东西，只可意会不可言传的东西。

游泳馆里的事也像单调的日常生活不断反复，偶尔也会遇到怪事。有一次，一位大婶只戴了泳帽和泳镜，就走出了淋浴区。淋浴时脱下的泳装仍然放在淋浴器的调节阀上面。已经进入泳池的女人们使劲做手势，示意她回去，她却理解成催促自己快点儿过去的信号。她加快脚步，走向泳池，在泳池旁迟疑片刻，然后扑通跳入水中。这回想要出去也难了。泳池里一片沉默。女学员们团团包围着水中的她。一个身穿黑色阿瑞娜泳装的女人抓住梯子，离开水池，跑向淋浴区。所有人的目光都注视着那个女人的背影。不一会儿，女人手里拿着泳装回来了。她看上去很畏缩，仿佛自己被剥光了。泳装很快从她手中被拿走了。泳装的主人哭丧着脸，小心翼翼地穿上泳装。一名同伴摘下她的泳帽，和自己交换。这时，教练们的口哨声再次响起，重新开始上课。学员们摆着手臂，踢着双脚，挨个向前游去。每个人的样子都差不多，很难看出谁是刚才那场骚乱的主人公。那位大婶懵懂而又泰然地走向泳池的时候，她黑乎乎的阴部和低垂的乳房却留在我脑海里，迟迟挥之不去。那种奇妙的形象既不能算是悲伤，也不能说是滑稽。

骚乱发生后，泳池管理部门在淋浴区门口放了一面大镜子。人们先在镜子前面整理装扮，然后进入泳池。再也没见过裸体走出来的女人，倒是见过几名穿着泳装的初中同学。

"朴永洙？好久不见。"

"是啊，看来你还没离开这里。"

"你在哪个班？"

"中级班，正在学习蝶泳。你呢？"

"我，初级班。"

"为什么今天才见到你？"

"以前我在晚课。"

"初级班，应该是戏水阶段吧。"

"踢腿动作已经学完，正在学习呼吸。"

"呼吸有点儿难。"

她叹了口气。

"不要再看胸部了，好吗？"

"对不起，眼睛不知道该看哪里才好。"

她去学习呼吸，我练习蝶泳。像溺水似的，手高高抬起，最后痛痛快快地喝了一通泳池里的水。她转头的时候呛水，我抬头的时候呛水。有人笑呵呵地说，泳池里的水含有消毒药物，喝多了可以杀死体内的细菌。这么说的人正是教我游泳的教练。下课后，我在淋浴区漱了漱满是消毒液气味的嘴巴，然后出去等她。

"仁淑。"

"你在等我吗？"

"我们喝杯咖啡怎么样？"

她打开手机盖，看了看时间。

"早晨七点半，有营业的咖啡厅吗？"

"没有。"

我指了指自动售货机。我们坐在休息室，喝着从自动售货机里买来的牛奶咖啡。

"刚才对不起啊。"

"怎么了？"

"胸部。"

"没事,这不是在游泳馆嘛。"

嘴上这样说,她还是双臂交叉在胸前,挡住了凸起的乳房。我怔怔地望着仁淑的脸。

"你一点儿没变,和初中的时候一模一样。"

"那是因为没有化妆。不要总看我。"

"原来是这样。如果化了妆,可能会认不出来吧。"

"也许吧。"

她把空纸杯递给我,然后站了起来。

"你每天都来吗?"

"嗯。"

"明天见。"

从那之后,她再也没有出现在游泳馆里。盯着自己胸部看个没完的初中同学出没的游泳馆,为什么还要再来?我却一天不落,每天早晨都来游泳馆。游泳教练觉得我很奇怪。

"你不喝酒吗?"

"是的,本来就不喝。"

"游泳学得很卖力啊。今年夏天准备去哪儿避暑吗?"

"不,我只是喜欢水。"

"从今天开始,你站在最前面。"

"好的。"

他指定我为中级班一号。我在队伍的最前面劈开水花。中级班的其他学员跟在我后面。如果排头落后,后面的速度都会跟着变慢。我责任重大,更加卖力地游泳。七点半下课了,我也不走,留下来练习自己还没有掌握的蝶泳和仰泳。我在水里的时候，教练来找我。

"你是大学生吧？"

"是的。"

"原来如此。"

然后就不说话了。这人真没劲。他穿着运动服，软塌塌的。穿泳装的时候挺帅，可是穿着运动服蹲在水边，看起来就像刚刚应聘中国料理店的外卖员。

"为什么这么说？"

他搔着头发。

"我……"

"您说吧。"

"上次我看到你和郑仁淑小姐在交谈，前不久在那个休息室里……"

"我们是初中同学，可是她最近没来。"

"你知道她为什么没来吗？"

我不能说是因为胸部，只好摇头。

"你能告诉我她的联系方式吗？"

"会员卡上没写吗？"

如果写了的话，我也想知道。

"我打了那个号码，可是打不通。也许换手机号了。"

这个游泳馆什么时候开始认真管理缺席会员了？我这样想着。他失望地站起身来。见他转身要走，我对他说，我回头翻翻毕业相册或者校友录，帮他找一找联系方式。他好像得到了游戏机的小孩子，脸上豁然开朗，然后像大发慈悲似的，帮我纠正姿势。

"啊，对了，刚才你练习蝶泳的时候我看了，腿不能那样弯曲，应该在尽可能舒展的状态下使劲踢水。"

他用手做出脚的形状。我仔细看了看他，觉得他说不定比我年纪还小呢。古铜色的皮肤使他看起来比实际年龄大五六岁。

巧合的是，就在那天，我见到了仁淑。我去游泳馆旁边的百货商店买运动鞋。仁淑和朋友手挽手出来，刚开始我没认出她。

"仁淑，你穿上衣服，真的认不出来了。"

父亲经常强调打招呼在人生中有多么重要。父亲说，只要擅长打招呼，就不会饿肚子。我总是因为打招呼而陷入窘境。我每次都会忘记，打招呼并不需要真诚。仁淑翘起嘴角，然后又恢复了原样。

"别人听了还以为我们很亲密呢。"

"对不起，我想说的是你很漂亮。"

神情傲慢的仁淑，打扮入时的仁淑，真的很漂亮。她不再是那个戴着泳帽、几乎没有眉毛的仁淑。蓬松的头发和时髦的化妆，再加上百货商店里的灯光，她完全可以跻身美女行列。

"我们游泳教练找你。"

仁淑抬了抬嘴角。

"哼，真是的，那个人太顽固了。"

"你认识他吗？"

"我在晚课的时候，他是我的教练。就是因为他，我才换到早课。"

"有什么事吗?"

"你不要问了。"

"你为什么不来游泳馆了?"

"有点儿忙。你转告那个教练,让他不要做这些无聊的事,好好教游泳吧。"

"知道了。"

仁淑和朋友走了,发出笃笃的声音。我忘了自己想买什么,径直离开了商店。太阳升到中天,我朝游泳馆走去,出示会员卡进去。我脱了袜子,走向泳池。中级班教练吹着口哨,正在指导小孩子。我一叫他,他慌忙朝我走来。宽阔的胸膛和相对贫瘠的臀部朝着不同的方向摇晃。

"我见到仁淑了,在这里的百货商店。偶然遇到的。"

"已经见过了?这么快啊。"

教练眼里闪过疑妻症的迹象。

"偶然见到的,去百货商店的时候。"

"我的事,她怎么说的?"

"我可以直接转达她的话吗?"

他皱起眉头。

"她说什么了?"

"她让你不要做无聊的事,好好教游泳。"

他涨红了脸,呼吸变得急促。

"如果你再见到仁淑小姐,呼……请你转告她,我祝她幸福。"

"我不是传话的人,又不是鸽子。"

"哎,妈的,让你说你就说。"

"好。"

我慌忙离开湿漉漉的游泳馆,呼吸冬日里干燥的空气。没擦干脚上的水就穿了袜子,感觉脚黏糊糊的。粗鲁的人真讨厌。这时,我竟然想起了头戴泳帽、理直气壮走来的裸体大婶的身影。我不知道为什么偏偏在那个时候想起来,不过从那之后,每当我受到侮辱或面临窘境的时候,那个形象都会顽固地在我脑海里闪烁。于是,我连报复自己所受的侮辱或者脱离窘境的力量也失去了。没有脸、只有躯体的形象犹如裸体的雕像。每当遇到危机或受到侮辱的瞬间,那个雕像就好像在对我说,这么点儿事至于吗?加油!

2. 女

翻开和他上床之后第二天的日记,我是这样写的:"爱情极力不呼唤自己的名字。"我竟然写过这样的句子,满载着感伤,像幼稚的青春期少女。我当时应该不太正常,写日记本身就是证据。自从在超市里泰然自若地挑选卫生巾、扔进购物车之后,我就再也没写过日记。

打开抽屉,拿出工具刀,刷地推上刀刃。再拿塑料尺对准日记本,轻轻一划,裁下写有"爱情极力不呼唤自己的名字"和"啊,我预感到自己将要爱上他"的那页。日记又变成了新的。我做好了重新开始人生的准备。我用双手撕碎裁下来的纸页,把碎纸扔进垃圾桶。熄灯，上床。台钟的夜光时针指向一点。我把脸埋在枕头里哭泣："呜呜。"我下定决心，发出三个音节："王，八，蛋！"尽管这样，我的心情并没有缓解，反而想起了他的身影、他的气息和他的口头禅。我心爱的他，喜欢这样说话：

"政治是艺术。两者很相似，都是欺骗。即使受骗，也不能觉得是受骗。很多时候，做事的人觉得有趣，旁观的人觉得无聊。还有就是自得其乐。"

他是那种把冷笑当作高档领带的人。其实他根本没有资格冷笑任何事，可是一张嘴，就冒出呼呼的冷风。我明明知道他只是故作风雅，却没有说破。男人们傻呵呵的，一切都很容易被看穿。狡猾的女人睁一只眼闭一只眼，借以得到很多。经常加班的他偶尔会在深夜打来电话。

"你在哪儿呢？"

"国会。"

"议员呢？"

"在桑拿。"

"你不是说国会里没有女池吗？"

"嗯。"

"那女议员在哪儿桑拿？"

"在家里呗。"

"今天怎么样？"

"现在是国政监察期间，检察机关请客。喝完这杯就该回去睡觉了。"

"艺术的道路，真是遥远又艰险。"

"做徒弟更辛苦。"

"明天还要搬瓷器吗？"

"当然要搬。最近在做什么？"

"学游泳。"

"学游泳干什么？"

"减掉腹部赘肉。"

"戏水了吗？"

"这个结束了，正在学呼吸。"

"呼吸，这个不容易啊。"

"你会游泳吗？"

"不，不会。国政监察结束后再见。我们老大这回要调走了。"

"给我打电话。"

"好好学。"

他是国会议员的副官，同时也是跟他的命运毫不相符的特权公务员，想要跟他见面并不容易。他是他们家族唯一的公务员。各种请求都集中在他身上，他好像并不反感。

"我不会是第一个吧？"

"你是第一个。我整天锻炼身体，很忙，而且一直没钱。"

"你现在不也没钱吗？"

"现在不是有权了吗？微不足道的权力。"

"有权帮助亲戚家的弟弟妹妹更换公益勤务要员的职位？"

"你竟然还没忘。"

"我不容易忘事。"

"原来他的任务是查处和检举战争期间战车违反交通规则的情况。这个任务很危险。后来我帮他换到看守灭亡王朝的陵墓,这是个相当安全的任务。所以我算是他的救命恩人了。做首领参奉算是出人头地了。"

"了不起。"

"你知道男人为什么拼命想成功吗?"

"不知道。"

"为了不被拒绝。"

总统选举前一年,也就是去年年初,我得到了在汝矣岛研究所打工的机会。那里是兼做舆论调查和政治营销的地方,之前我从没听过这个名字。我甚至怀疑那儿的职员靠什么吃饭,然而社长总是笑呵呵的。花无百日红,这是名震汝矣岛的他的说法。开始让我负责调查课题的策划和数据处理,真正去了之后,我的主要任务却变成往电脑里输入书面调查的结果。数字太多了,我感觉头晕。这时,组长叫我过去,递给我一个信封,让我送到议员会馆。我很喜欢这个任务,但是不能表现出来,于是问道:

"用邮件发送不行吗?"

组长似乎有点儿失望,看着我说:

"我们这个行业的生命就是保密。拿好信封,小心被盗。"

我把信封紧紧抱在胸前,去了议员会馆。在那里,我遇到了他。起先我以为他是国会议员,弯腰九十度问好。后来才知道,议员是个秃顶老人,他是副官。第五次去的时候,正好赶上午饭时间。

"还没吃午饭吧？"

"是的。"

"要不要吃一顿皇粮？"

"皇粮？"

他带我去了到处是黑西装议员的会馆食堂，吃了菜帮排骨汤。

"听说你读的是统计学？"

他开始不动声色地跟我搭讪。平时我讨厌这样的男人，然而奇怪的是，听他这么说，我并不觉得厌恶。

"现在休学了。"

"为什么？"

"没什么，就是感觉很快就要毕业了。我想玩一段日子，顺便了解一下社会。"

"你好像没玩啊？"

"玩着呢。"

"什么时候？"

"下班之后。"

"一起玩可以吗？"

他在剔牙。白衬衫的袖子露出来，干净得耀眼。戴在右手无名指的婚戒也闪烁着金灿灿的光芒。忽然间，我从他身上闻到了某种贫穷的气味。也许是因为过于整洁的衬衫，也许是因为我想到每天早晨为只有几件衬衫的丈夫洗衣服、小心翼翼地熨烫的妻子。

"一起玩吧。"

"这么快就答复我了？"

我在他的手机里输入我的电话号码，然后接过他的名片。名片上用金字刻着"国"字。菜帮排骨汤只剩下菜帮和排骨了。我们起身离开。他去了议员会馆三百十八号，我回公司。那天夜里，我们又见面了，一边喝酒，一边谈论国会常任委员会的活动、在野党不知廉耻的政治攻势、即将到来的大选展望，以及各个地区的民心之类的事。这样喝酒还是第一次。虽然话题没意思，但是他带有冷笑意味的腔调让我还能听下去。没有男人特有的吹牛，这是他的魅力。

"你家在哪儿？"

"蚕室。"

原来我们住在同一个社区。出租车到了，我们一起坐到后排。经过盘浦大桥的时候，灯亮了。他煽风点火地说，国家阴暗，至少年轻人要开心享受，不是吗？我随声附和。国家的命运我无从了解，不过看他在酒吧里暴露得更加明显的穷气，我决定大发慈悲。喝了几杯生啤还要发票，看到他这个样子谁都会心软。我们去了位于新川的旅馆街，订了房间。云雨之后，我问他：

"你妻子是个怎样的女人？"

"想知道吗？"

"你们是怎么认识的？"

"她是我们系的后辈。"

"然后呢？"

"每次见面我都训她，不要化妆，不要穿裙子，发型怎么搞的？你吃老鼠了？想想九老工业园的工人，你不觉得羞耻吗？如果你这样下去，很可能会神经衰弱。"

"你这么说，她就中计了？"

"没有，她看见我就像见到虫子似的躲避。我也心痛，但有什么办法？土包子哪里懂得怎么恋爱。我想和她交往，可是张嘴就跳出青蛙。呕呕。"

最后他开始跟踪她。她在蚕室运动场站下车，走进旅馆密集的街区。一九八八年奥运会，为了弥补住宿设施的不足，政府实行税制优惠政策，于是附近的旅店和汽车旅馆如雨后春笋般相继涌现。她走在那条胡同里，非常自然地走进了一家旅馆。他这个未来的特权公务员无法相信自己眼前的情形，当时停下脚步。他也没有别的事做，就坐在对面小店的平板床上等她出来。太阳落山，小店关门，路灯也熄灭了，她还没出来。他不肯罢休，瑟瑟发抖地在平板床上坐到凌晨。天色微亮，他忍不住汹涌而来的困意，蜷缩在平板床上睡着了。醒来的时候，她正站在平板床旁，低头看他。

"怎么回事？"

她把瑟瑟发抖的他带进了旅馆。

"妈妈，给我一个房间。"

"他是谁？"

"学校里的前辈，在门前睡着了。"

"不是精神病吧？"

他走进空房间躺下了。漂亮的她为他泡了杯热茶。

"我们家开旅馆，我一直保密。很丢人，是吗？"

"知道了。"

"不过前辈,旅馆老板也是资本家吗?"

"不是的。拥有生产手段的人是资本家,你要我说几遍才行?旅馆有什么生产手段,你这个饭桶。"

"原来是这样。我要去学校了。"

"一起走吧。"

从那之后,两个人的关系渐渐亲密起来。贫穷是他的光芒。退伍之后,他参加了几个社会团体,然后两个人结婚了。那时候,岳母仍然叫他精神病。当时身为在野党的家乡议员主持了他们的婚礼,党内同志也来了很多。参加婚礼的人演唱了歌曲《这条路,我们携手同行》,作为新婚祝酒歌。但参加婚礼的人真正"携手同行"走到最后的只有主婚人和新郎。他从床上起身,轻轻打开旅馆窗户。为了防止被盗和有人跳楼自杀,窗户上挡着铝制的防护栏。

"想看看吗?"

"看什么?"

我用床单包住身体,起身走向窗边。他指了指位于时针十点方向的旅馆。写有"观园汽车旅馆"的霓虹灯正在闪烁。

"就是那儿。"

我用拳头捶打他的胸膛。

"为什么偏偏选在这儿?"

"没关系,他们已经卖掉旅馆,移民去了澳洲。除了知道那里有袋鼠,什么都不知道。"

"那也感觉怪怪的。你不会把交往的女人都带到这里吧?"

"呵呵，如果是这样，那该有多好啊！不过你是第一个。"

我不知道和他在一起算不算幸福。朋友们问我是不是脑子有问题，他又不是国会议员，只是个副官，为什么还要和他在一起？我给朋友们看照片。他们突然顾左右而言他，纷纷说起演艺界的动向或者最近流行的度假地，以及即将到来的就业战争。他们对我的男人毫无兴趣。我没有说他是微不足道的有妇之夫，但是一看照片，他们就看出来了。也难怪，如果我遇到类似的场合，也会这样做。没有必要说真话。只有我最好的朋友韩泉，在卫生间里补妆的时候，假装漫不经心地说出了她的真心话：

"给我块纸巾好吗？嗯，谢谢。你还是结束吧。这样不好。你不觉得他太吊儿郎当吗？你不介意吗？你不会是认真的吧？赶紧结束。你的条件又不差。"

我使劲打了下她的屁股。啊，她叫了起来。那天深夜，我给国会议员副官打了电话。

"太晚了吧？"

"不，没关系。老婆睡了。"

"这么早？"

"她本来就爱睡觉。看八点新闻的时候就睡了。简直是猪，不是吗？"

"看来早晨不睡懒觉。"

"我老婆也是一大早去游泳。"

"是吗？在哪儿？我学游泳的地方？"

"也许是。这附近只有那家吧。你去游泳了吗？"

"去了。可是……"

"可是什么？"

"游泳馆的教练总是缠着我。"

"很烦人吗？"

"你打算派警察去吗？"

"这我倒是可以做到。我的朋友里就有检察官。以前这个朋友被通缉的时候，我给过他三万元。"

"真是了不起的友情。不过还没到这个程度。除了偶尔在水里假装托着我的身体，摸我的肚子，别的还可以忍受。他总给我打电话，我记住了他的号码，不接就行了。"

"混账。他经常摸你吗？"

"没事，就是觉得有点儿奇怪。女人们都知道，究竟是工作，还是故意摸。"

"怎么不换个课？"

"我正准备换到早课呢。"

"要是碰巧了，说不定你可以和我老婆在同一池水里玩耍。的确，早起对健康也有好处。而且……"

"什么？"

"以后我们最好不要见面了。"

电话那头不时传来电视的声音。我怀疑自己听错了，于是又问：

"你说什么？"

"我说以后我们不要见面了。"

"你在说什么?"

"你听不懂韩国话吗?不要见面了。下半年的政治日程安排得也很紧张……"

"算了。"

我挂断电话。不可思议!年近四旬的国会议员副官甩手抛弃二十三岁的大学生,就像扔掉萝卜泡菜坛?我躺在床上,却无法入睡。下半年的政治日程?因为这个和女人结束关系?他以为自己是总统候选人吗?我猛地起身,开灯看日历,积雪的街头照片骤然进入视野。十二月,马上就到圣诞节了,哪来的下半年?我又打电话给他,他接起电话。

"到底因为什么?"

"我老婆好像看出来了。"

"她说什么了?"

"没有,我只是感觉。最近有点儿奇怪,也不怎么和我说话。"

是的,他有个合法的妻子,随处剔牙、内心扭曲、无能、毫无道德的他也有个受法律保护的妻子。

"就这些吗?"

"不。"

"那是什么?"

"因为我在老婆面前心虚。真正的原因是我们老大说要退党,转到另一边。"

"那又怎么样?"

"我不能去。"

"为什么？"

"这个嘛，不知道，反正不行。"

"因为是在野党？"

"不。"

"那是什么？"

"你理解不了。"

"我会努力理解，你说吧。"

"我没法跟老婆解释，又不能偷偷转移。

"你说外遇？"

"就是外遇嘛，难道不是？"

我也该熟悉他的语气了，然而每次还是会受伤。

"那你打算怎么办？"

"以后我可能要按伦理生活了。"

"就像有人新年戒烟，你打算清理陈旧关系，重新做人？"

"对不起，我一开口就跳出青蛙。"

我挂断电话，甚至没说"你好自为之"。好像脑子里真的进了一篮子青蛙。心里空荡荡的，耳边传来怪异的声音。明天不管发生什么事，还是要清早起床去游泳馆。如果就此崩溃，我肯定无法原谅自己。郑仁淑！失去这样的家伙，你没什么损失。一如既往就行了。你要幸福，这就是对他的报复。

第二天凌晨五点四十分，我怀着对政客的熊熊敌意起床了。闹钟在响。我带上事先准备好的泳装出门。世界已经开始马不停蹄地运转。系着夜光带的清洁工在大路边清扫，身穿肥腿裤去市场的大婶们上了公交车。我从地下通道进入游泳馆所在的百货商店大楼。商店都放下了百叶窗。凌晨的风景很陌生，我的心情似乎好些了。走进游泳馆，出示会员证，说今天开始我要转到早课。前台的女人爽快地同意了，递给我会员记录簿，要求我重新填写地址和电话号码。我按她的要求做了。她给我钥匙和毛巾。接过这两样东西，我去更衣室脱掉衣服。看了看表，六点零五分。有点儿迟到了。我拿着泳装、泳帽和泳镜进入淋浴区。转动调节阀，凉水流出。我一下子清醒了。退后几步等待几秒钟，这才开始出温水。我往全身打着浴液，想起下半年的政治日程和谁也无法理解的副官的政治决断，以及候鸟一般的政客。那天，淋浴的人中间，只有我在想这些事，只有我对整个韩国政界充满厌恶。这时，有个在旁边淋浴的胖大婶走过我身边，撞上了我的肩膀。什么事急成这样？只戴着泳帽和泳镜，她就推开淋浴区的强化玻璃门，不容别人阻止，径直跑向泳池。她离开的地方，泳装仍然挂在调节阀上面。游泳馆里的噪音都停止了。教练的口哨声、戏水声、笑声、说话声，统统都停止了。不一会儿，一个满脸通红的女人跑进来，四下张望。我把调节阀上的泳装拿给她。女人接过泳装，低着头，快步走向泳池。

跳入水中的时候没发现吗？说不定这之前就意识到了，然而游泳馆里所有的眼睛都盯着自己，还不如干脆跳进水里更好。我关上淋浴器，泡进温水池。水还没热，温乎乎的。我摇摆着脚和胳膊划水。裸体入水的女人的背影，总是浮现在脑海里，令我感到不悦。我放弃了那天的游泳，在桑拿房里翻了会儿沙漏，就回家了。

第二天凌晨，我又怀着强烈的愤慨起床，去了游泳馆。在那里，我遇到了总是盯着我乳房看的傻帽中学同学。他请我喝平淡无味的自动售货机咖啡的时候，也是这样。游泳教练在远处假装整理毛巾，其实在偷看我和他聊天的场面。渐渐地，我对游泳失去了兴趣。副官没有再和我联系。公司也没有再派我送信封到议员会馆。我继续做着把舆论调查结果输入电脑的简单工作。眼睛好痛，仿佛有人用力揪住我的眼睛，然后放开。

好不容易迎来周末，我去了百货商店，又遇到了朴永洙。我不得不听到了最不想听的游泳教练的事。说这些的时候，朴永洙的眼睛仍然不知道该往哪儿看才好。

"要不我索性脱光怎么样？"

我训了他。他这才不安地转动眼珠。从他那里，我得知游泳教练仍然在跟踪我。回家的路上，我拿出游泳馆的会员证，撕得粉碎，扔进垃圾桶。换上从百货商店买来的T恤，撕开练歌房里常吃的虾条包装，边吃边看电视。天黑了，手机在响。液晶屏上出现了汝矣岛那边的电话号码。迟疑片刻，为了不吵醒家人，我接了起来。是副官。他喝醉了，滔滔不绝地说着什么，同样的话说了一遍又一遍，根本不听我说话。一个小时后，我才总结出他在说什么。我让他不要再给我打电话了。他默默地挂断了。

我这才意识到一切都结束了。他表明决心之后的第二天早晨，写好辞呈去了国会议员的房间。议员让他坐下。白色的信封里装有决定结束副官生活的辞呈，静静地躺在他的西装口袋里。议员轻轻地笑了，那是当权者特有的笑容。他下定决心，不会被任何言论说服。为了这个党，为了和党内的人斗争，他奉献了自己的青春，怎么可能转向另一边。他还准备了不像自己风格的悲壮台词。但是在政治感觉和思考速度方面,他毕竟无法和老大相提并论。秃头老议员先从口袋里拿出信封,递给他。

"这是……?"

"哦,这些年你辛苦了,陪夫人出去放放风吧。以前忙于政治工作,从来没有休假。你听说了吗?这回转到那边,重新组成副官阵容。那边的政治情绪也不同,有点儿……我把你的事跟其他议员说了,这几天应该会有人和你联系。在野党的生活是很苦的。想要把你带去,的确有点儿压力。不过没什么,只要在这个圈子里,迟早还会再见面。风水轮流转,不是吗?我们这个行业。"

他连表达政治决断的机会都没有,就被炒了鱿鱼。口袋里的辞呈进了文件粉碎机。仍然在大学担任讲师的老朋友听说了这件事,哈哈大笑,这不算什么啊。"他不就是个大学助教吗?你们的处境一样,他为什么笑?"朋友们这么说的同时,也给他提了建议,"喂,臭小子,喜欢冷笑的人不能随随便便严肃,否则会出大事。人生突然变得严肃,朝你扑去。赶紧去找议员求情吧,就说你要跟他去,而且到了那边之后,你还是要继续保持冷笑的态度。这样最好。"

"妈的,就因为那张辞呈。如果没有它,我完全可以不顾一切地求情,可是坐在我面前的老大仿佛在注视我口袋里的辞呈。这种感觉充满脑海,我什么话都想不出来。"

他爱怎么样就怎么样。第二天,我去移动通信代理店,换了手机号码。那个人绝对不会往家里打电话。我去学校,递交了复学申请。我想成为普通的大学生。大学距离汝矣岛很远。

3. 男

圣诞节过去了，我继续学习游泳。新的月份，新的年份开始，我升到了高级班。蝶泳依然不行，可我还是高级班的一号。高级班上面还有选手班，听说要升到这个班真的很难。我什么时候能变成完美的蝴蝶，在水面飞翔？

漂亮的同学再也没有出现在游泳馆。因为我，还是因为游泳教练？那名问题教练也不见了。难道不再教早课，只教其他班了？我怀着对他们两个人的好奇，坚持不懈地游泳。

新来的游泳教练比原来的呆板很多。几乎从不入水，只在外面讲解。虽说高级班本来就是这样，但他的确显得没有诚意。即便如此，我还是肩负着高级班领头人的担子，用力拨水。

像往常一样，我在更衣室里用吹风机吹干头发，看着早间新闻。各家电视台都竞相瞄准晨间时段，播出脱口秀形式的新闻。介绍适合冬季的温泉观光地，传递羽绒服再次流行的消息。也有政治新闻。五名脱离原政党的无党派国会议员同时加入了另一政党。五名国会议员神情轻松，声称自己为了改变落后的韩国政治而集合起来，今后要以平民从军的姿态为国献身。记者严肃地补充说，大选邻近，政治圈的离合集散更加频繁。伴随着现场画面，京釜高速公路十二起冲撞事故也报道了出来。我们国家的事故真多。最后是有关杀人事件的新闻。爬野山的警察的身影被处理为背景画面。首尔某游泳馆教练金某，因为女大学生恋人变心而恼羞成怒，用私家车强行绑架，带她去了京畿道龙仁的野山，用气枪射她的头部致其死亡。男人穿着运动员常穿的垂到小腿的补丁外套，低头走进警察署调查室。更衣室里，人们的目光立刻集中到了电视上。整理毛巾的职员也停下手头的工作，前台的女人站起身来。新闻很快结束。一名职员用遥控器换了频道。我走到前台，问职员：

"是那个人吧？"

"哦，您说的是谁？"

"上个月教中级班的教练为什么不来了？"

"谁啊？我是新来的，不知道。"

女职员显得很慌张。她站起身，走进写有"闲人免进"的房间。我摸着还没吹干的头发，走出游泳馆。我想告诉警察，漂亮的中学同学绝对不是他的变心恋人，只是被他盯梢而已。怎么能单方面相信杀人犯的话，制造出这样的审讯记录？我想抗议，但是现在我要先换衣服。恐怕没有人会相信穿运动服的人说的话。

回到家里，我拿出初中毕业相册。留着短发的仁淑在圆圈里灿烂地笑着。我流着泪。虽说韩国是全世界女性被害率较高的国家，但她也不该被偷窥自己的游泳教练枪杀而死啊。太残酷了！我找到了写在毕业相册后面的地址簿上的电话号码。她说自己没有搬家，那么这个号码应该是对的。我看了看表，早晨八点。我要把自己知道的事情都说出来，至少要让别人知道，仁淑没有和那种人交往。

我拨通电话。

"喂。"

"喂。"

语气平静的阿姨接起电话。

"仁淑家吧?"

"有什么事吗?"

我感觉到了对方的警惕。

"我有话要告诉您。"

阿姨不肯听我说。不一会儿,另一个声音沿着电话线传来,更年轻的女人。

"喂。"

"喂?"

"我是郑仁淑。你是哪位?"

"呃?你是谁?"

"我是郑仁淑。"

"你是仁淑啊。"

"你是谁?"

"我,朴永洙。"

"什么事,一大早的?"

"哦……我……什么事都没有。"

短暂的沉默过后,仁淑说话了:

"又不是小孩子,你这是干什么?"

"对不起,早晨看新闻了吗?"

我想告诉她游泳教练涉嫌杀人被捕的消息,突然又感觉什么都不确定。

"最近为什么没来游泳馆？"

"最近我很忙。如果没什么事，我要挂电话了。我还要准备去图书馆。"

"好的，再见。"

很高兴你还活着。这句台词适用于恐怖片。不知从什么时候开始，我的想象力开始朝着怪异的方向发展。不过，知道她还活着，我真的很开心。我又清晰地想起那个躯体雕像。泰然自若地朝我走来的躯体雕像这样说，活着不就行了吗？你不会希望她死吧？不，我没有。只是和我的猜测截然不同。躯体雕像又说，我也没想到我会变成这个样子。跑出去之前，我也是正常人。我不想成为你脑子里的躯体雕像。对不起，阿姨。我摇了摇头，吃起了妈妈准备的饭。游泳之后，肚子很饿。狼吞虎咽地把两碗碳水化合物塞进肚子，我翻起了早报。那里也报道了游泳教练用气枪杀人的事件。我读了一遍又一遍，还是什么都不知道。我成为不伦不类的不可知论者。我又翻起了托业书籍，可是什么都不懂。等上班之后，应该会好些吧，我努力往乐观的方向思考，一个单词一个单词地集中学习。这场在词汇和句子的丛林里展开的战斗，究竟什么时候才能结束？我无法预测。

你的意义

1

　　时隔很久去图书馆的人应该知道,隐藏于大脑的小生殖器有勃起的感觉。就像初次涉足地中海某裸体海滩的游客,读者刚进图书馆会四处张望。书籍明朗大笑,朝着我们挥手,示意我们快来。那些妖艳的书籍暗示着无限的可能,仿佛只要伸手,它们就会敞开双腿。高潮不远了。我们的大脑也在膨胀。我们急匆匆地随手抽出书来,打开。这是一个非常猥琐的场面。只要熟悉了这个裸体海滩的风景,精神的生殖器就会伸长,看似辽阔无边的可能性的世界局限于一平方米的书桌。困意袭来,或者生出食欲。从这个时候开始,久不见光的人因散发出的霉味而搔起了鼻孔。人们开始在杂志架间徘徊,沉浸于尚未陈旧的东西带给自己的甜蜜感。

　　如果不是因为图书馆的独特气氛,她的小说恐怕就与我无缘了。像我这样的人怎么可能去翻文艺杂志。这真是只有在图书馆才会有的事情。我拿起厚如国语辞典的文艺杂志,看了看封面。《韩国文学与想象力》,杂志的标题大大地镶嵌在上面。想象力,这和我的工作不无关系，因为我总想让世界大吃一惊。我们这行叫"构思"，也有人称之为"灵感"。不管叫什么，它们等待的东西都一样。那是制片人瞪大双眼、竞相签约的故事；也是刚刚在电影院上映、就有几百万观众争先恐后拥来的故事。这个讨厌的寻宝过程永无止境。日复一日，年复一年，永远不会结束。妈妈不会帮忙，老师也不会指点。这就是我在图书馆消磨时光的原因。

她的小说刊登在杂志里。她是我连名字都不记得的文学与什么杂志举办的新人奖的获得者。不知写到什么程度可以获得新人奖。我跨坐在椅子上，翻起杂志来。

2

那天夜里，在冰淇淋广告模特的肚子上，我再次想起那部小说。那时，我突然想吃甜食，就从冰箱里翻出哈根达斯冰淇淋。我用勺子舀起冰淇淋，放在模特的肚子上面。融化的奶油凝结于肚脐眼。我用舌头舔了舔奶油，模特扭起身体，像交尾的蛇。"吃完了吗，导演？"模特低头看着自己的肚脐，问道。"嗯，很好吃。你要不要吃？"她没有回答，而是把我的头插入她的胯下。从肚脐眼流下的冰淇淋打湿了我的头顶。冰淇淋模特的胯下并不甜美。我陷入极度的恐惧，竭尽全力大喊："够了！"

我和模特喜欢在床上亲密地吃冰淇淋。初见那天，她往我的生殖器上倒了酸奶，然后用嘴吮吸。我无论如何无法忘记这个场面，于是又给她打了电话。这次没有酸奶。她准备的是哈根达斯冰淇淋。一边冰冷，另一边甜蜜。冰冷的生殖器和甜蜜的嘴巴立刻变成了甜蜜的生殖器和冰冷的嘴巴。她用冰冷的嘴巴问道："导演，下部作品什么时候开拍？"这次我把她的头塞进我的胯下。"马上开拍。你空出档期吧。"

她想成为我将要拍摄的音乐电视的女主角。这是很自然的欲望。在下雪的北海道和英俊男人相爱，后来洒落滴滴鲜血而死。这样的角色每个女演员都想尝试。"此生错过，让我们来生再见。"字幕打出如此凄美的歌词，她骑着自行车在雪地里飞奔。这是很唯美的画面，但不属于她。令少女们听到名字就胆战心惊的男歌手的经纪人，每次见面的时候都笑而不答。我私下里说过，如果是因为钱，我可以在现实的标准之下做出让步。这个人只是默默地笑。虽然我拍了这位歌手第一张唱片的音乐电视，但并不意味着我拥有优先权。我只能等待。不过单凭这部音乐电视，我就可以把三名实习演员和两名模特吸引上床。不管别人怎么说，我的确喜欢漂亮女人。你骂我是垃圾，我也没办法。只要你不在我面前骂。

3

我约到了那位小说家，见面地点定在南山半山腰的酒店。进门之后，国际连锁酒店的标志震慑人心。不管模特也好，小说家也好，新人适合在这样的地方见面。酒店的权威成为光芒，在我的后脑勺制造出灿烂的光环。对于初次踏入这种地方的新人来说，足以令他们胆怯。马基雅维里这样说过："君主需要慎之又慎地警惕的就是受人蔑视，或者被人看不起。"这句话的确有道理。哪怕不是君主，也应该洗耳恭听。总之，要想不遇到这类事情，首先要慎重选择见面场所。

身穿黑色短裙和锦缎外套的新人小说家坐下了，神情毅然决然，绝对不会害怕的样子。这个女人二十五六岁的年纪，耳朵下面依然毛茸茸的。相比刊登在文艺杂志上的拙劣证件照，本人要美得多。那么漂亮，怎么会写小说呢？恐怕从没来过这样的酒店吧。也许会被满脸粉刺的男友拉着手腕，出入散发着漂白剂气味的旅馆。

我说，在图书馆里——这点很重要——我读到了你的小说，很感动，所以想和你见个面，以粉丝的身份，以读者的身份，在这样的场合和你见面。赞美就到这儿，合适的时候再步入正题。我真希望像你这样的知性女人能够为我，为韩国电影界写剧本。我们应该能成为完美的搭档。像你这样有超凡感觉的人，怎么会坐在那里写沉闷的小说呢？现在是影像的时代。跟我一起打造杰作，参加大钟奖颁奖典礼怎么样？还可以踏上戛纳的红地毯。

我罗列了自己参与执导，准确地说，只是出入过导演部的电影名字。我又接连说出了在国际电影节获奖的导演名字、刷新票房纪录的制片人名字，以及片酬超过五亿的演员的名字。女人好像在听机场广播，有时候像在认真听，有时又像心不在焉。如果是那种脑子空空的女人，肯定早就扑上来说，哎呀，是这样啊。看来小说家的确与众不同。

她语气不急不缓，委婉地拒绝了我。她说，自己不懂电影，现在依然热爱文学，再加上还是新人，所以还不到改行的时候。她大概从来没有拒绝过别人,显得很不安。她已经喝了五杯水。每当她喝完一杯水,面无表情的服务员都会神不知鬼不觉地走过来,帮她倒水。她就继续喝。如果真的不行,我也没办法。我悄悄地捉摸着怎样收回成本。我毕竟是垃圾。没办法,这是我的本质。现在开始发起攻势。我不动声色地故作忧郁。拍电影太难了,缺少素材,缺少有才华的编剧,真的很难。女人坐立不安,满脸歉意。对她来说,坐在那里似乎成了痛苦。那我应该伸出援手才对啊。我尽我所能地露出可怜的表情说,把这件事忘掉,我们去下面酒吧喝酒吧。那个瞬间,我的眼睛应该在说,你不会连这个也拒绝吧。女人不得不拿起手提包,站起身来。

今天应该可以在酒店过夜了。

4

我心情愉快地进入桑拿房,身体泡在热水里,回想昨夜的欢愉。一切都很顺利。这样的夜晚并不常见。女人没有任何要求,性取向也不苛刻。换句话说,这是个听话的女人。小说家都是这样的吗?不可能啊。她们是多么吹毛求疵的群体啊。这个女人,只是带进酒店房间有点儿困难而已。不,现在想来,这也不算很难。总之,这个女人没有给我制造任何麻烦。早晨,她说会写剧本。在咖啡厅,她顽固得像只山羊,上床之后却是那么宽容。现在她要为我写剧本了,短则三个月,长则超过一年。当然了,这对她来说也是学习的好机会。小说家了解电影世界没什么坏处。不过,最好不是和我这样的三流导演，而是和一流导演交往。世间事皆如此，任何世界都存在秩序和程序。只要我们的电影成功了，还怕大资本不找上门来吗？

"导演，您想要什么故事？"她在床上问我。"你把它写成韩国版罗密欧和朱丽叶就行了。""需要什么特别情节吗？"她问。"罗密欧和朱丽叶还能有什么特别情节？无法实现的爱情、燃烧的激情、自杀、嫉妒，这些连起来不就行了？赵作家肯定能写好，好得就像那部小说。"

"小说和剧本有所不同，对吧？"我用她湿漉漉的头发缠住耳垂。"没有什么不同。赵作家怎么想就怎么写，然后和我坐在一起修改就可以了。"女人深深地叹了口气。她拉起床单，遮住裸露的乳房，问道："一旦开始写剧本，就要经常和您见面吧？"我说是的。电影的本质就是合作，不能不见面。女人无力地点了点头说："我明白了。"

5

只要按照道德规范生活，就不会四处碰壁。不会有违章停车罚款单，不会有犯罪，也不会有前科。道德是什么特别的东西吗？只是对行为方式的规范。如果道德规范遵守得好，而且和社会道德相似，生活就会非常便利。人们尊敬二十年无事故的司机。无事故？当然好。我可不想过那样的生活。他二十年的人生路无疑很平坦。他也不会因为没参加预备役训练或者忘记缴纳罚金而被传唤到即审法庭。只要忍受稍许的不便,就不会有更多的麻烦。对于这种人来说,人生就像京釜高速公路,尽管也会有点儿例外,但只要保持规定速度坚持前行,就能到达目的地。

花花公子也有道德。尽管没有道德花花公子的说法,然而的确存在花花公子的道德。比如小说《生命中不能承受之轻》中的托马斯,他的道德是见过一面的女人,三周之后再见。我身边有些花花公子甚至固守着看似理所当然的规则,比如不会同时和两个女人交往,在一张床上只能和一个女人做爱,等等。

迄今为止,我对自己该做什么、不该做什么的概念还存在认知不足。我的人生总是用来处理无意中惹出的事端。直到现在,我依然想不通为什么导演不能挪用制片费用。因为这件事,我不得不卖掉汽车。和前辈的老婆上床的时候,我莫名其妙地遭遇突袭。有人骂我总和新人上床,可我又不是强奸,这是你情我愿的事,为什么要有犯罪感?我搞不懂。处境艰难的时候,我也用过那些女人的钱。这又不是偷来抢来的,为什么要受到责难?我百思不得其解。

我也知道,只有道德生活才是平坦人生的伴侣。但是,艺术家的生活怎么能和犯人同日而语?我们艺术家是通过违规来学习的,踏着苦难成熟的群体。就是这样。

6

制片公司的郑制片把合同递给赵作家。赵作家在空格里清清楚楚地写上了自己的名字,赵,允,淑。郑制片用银行本票支付了一千万元的协议金,让赵作家在收据上面签名。赵允淑照做了。郑制片说,剩下的一千万等到电影杀青的时候支付。赵允淑漫不经心地点头,似乎觉得无所谓。不知道是她对金钱没有兴趣,还是人比较单纯。虽然这是别人的事情,但她毕竟是我的电影剧本作家,以后万一因为金钱问题出现纠纷,我也会很麻烦。于是,我插嘴说:

"赵允淑女士,认真看好合同再签名。将来这些都会变成枷锁。"

赵允淑抬起头,冲我莞尔一笑。我第一次看到她这样笑。她静静地说:

"枷锁长了,也可以自由。再说钱并不重要。"

郑制片像参与贪污的银行职员似的坐立不安,说后面还有事,起身离开。那个把千万元支票塞进手提包的女人和我走出制片公司。突然照射过来的阳光太耀眼,我们呆呆地站了会儿。

"我的小说,你真的喜欢吗?"

她的语气像被冷却的爱情牵绊的有夫之妇。

"啊,那部小说,这个嘛,怎么说呢?"

我惊讶于这个突如其来的问题,迟疑了片刻。

"喜欢哪儿?为什么喜欢?"

赵允淑从手提包里拿出黑色的太阳镜,遮住月牙般的眼睛,看上去自信得多。

"嗯,还是最后的部分最绝。"

"结局吗?"

"女人拿刀划破玩偶的肚子说,我的人生玩偶游戏到此结束。

这个场面很精彩。"

"那里吗？"

女人似乎有点儿失望，不过很快就用明亮的嗓音提议找地方吃饭。我们吃了空心面，喝了啤酒。喝啤酒的时候，冰淇淋模特不停地打来电话，我不得不几次出门接电话。她没头没脑地说让我请她喝酒。好不容易挂断了电话，我回来坐下。赵允淑说道：

"看来你挺受欢迎啊。"

"没有，电影界本来就这样。没什么事，就是电话比较多。"

"合作从什么时候开始？"

"首先，赵作家和我要互相配合对方的想法。关于这部电影，我们的想法可能会有所不同。赵作家先写出简单的梗概，我们再找个地方商讨。"

"叫我允淑吧。"

"哦，可以这样吗？"

"别人也是这样合作的吗？"

"一般是这样。也有从开始就完成剧本的情况。近来很多都是策划电影，所以经常这样合作。先定主题，再找地方写剧本，然后选演员，就这样运作。"

她默默地喝着啤酒。那天，她又没回家。

7

她带着剧情梗概来的那天，我随口问道：

"允淑没有男朋友吗?"

她摇了摇头。

"有单相思的人。"

"他是什么人?也写作吗?"

"不。"

"那他是做什么的?"

"年纪有点儿大。"

"有妇之夫?"

她紧闭着嘴,没有作答。原来是这样,有妇之夫。这个模式太俗套了。我为自己问出这样的问题而尴尬。我让她不要多想。有妇之夫就像被人揭发的贿赂,起初很刺激,时间长了会变得龌龊,只要享受人生就好了。她不置可否。

我开始钻研她的剧情梗概。如果拍得好,应该能够成为又温柔又清爽的言情作品。她有电影感觉,尤其是在言情方面,她似乎很擅长。听到我这样赞美,她红了脸。这是个腼腆的女人。腼腆,见多了也会有点儿厌倦。突然,我开始想念冰淇淋模特和她的酸奶。对这个沉默安静的小说家,我渐渐失去了兴趣。我需要的是激烈而颓废的性爱。

"郑制片会和你联系的。下周在杨平附近找家酒店式公寓,开始工作。你做好准备。"

"好。"

我看了看表,从沙发上站起来。

"那我们走吧。"

赵允淑盯着站起来的我。

"导演您先走吧，我再坐会儿。"

"是吗？"

赵允淑没有跟我离开。我留下她，自己离开了咖啡厅。刚刚出门，我就给冰淇淋模特打电话。幸好她就在附近。我到全家便利店买了酸奶，然后去找她。她的手里也拿着酸奶。我们嘿嘿一笑，进入酒店房间，分吃了一个酸奶，然后浇在她的身上舔舐。这个过程中，我总是想起赵允淑的面孔。她会不会也喜欢这样的性爱呢？会不会是我不了解她，对她太过轻柔了？我突然产生了冒险的念头，于是从冰淇淋模特的肚子上爬下来，一件件穿上衣服。

"去哪儿？"

"编辑室。上次我跟工程师说好要编辑音乐电视，突然忘了。"

冰淇淋模特噘起嘴巴，钻进了被窝。

"导演，你太过分了。"

"对不起，晚上点外卖吧。下次见。"

走出酒店，我又给赵允淑打电话。

"是我。"

"导演？"

"你在哪儿？"

电话那头没有声音。我似乎知道她在哪儿了。

"还在刚才那里吧。我马上过去。"

"来吧。"

我握住方向盘。嚓嚓，后轮有力地滑过地面。

8

赵允淑仍然坐在那个咖啡厅里。咖啡和手提包，还有她的姿势都保持原样。我又坐回两个小时之前离开的位置，感觉像去了趟洗手间。

"有什么事吗？"

她抬头看我。

"我能有什么事，有事的人是您，不是吗？"

她说得对。她仍然坐在咖啡厅里。她为什么静静地坐着不动呢？这不是有点儿奇怪吗？我突然感觉她身上有种顽强的东西。预感不妙。如果女人表现出这种感觉，常常会有令人头痛的事情发生。她和那个有妇之夫到底是什么关系？我预感到自己将要卷入不愉快的事件。我又想起被我留在酒店房间里的冰淇淋模特，不会已经退房了吧？

"导演，你脖子上粘了口红。"

她的视线固定于我的后颈。我想用手揉搓脖子，正在这时，电话铃响了。我试图从口袋里拿出铃声刺耳的手机。她的眼睛仍然死死地盯着我的后颈。电话是一个月前试镜的二十岁新人女演员打来的。她说只是想问候我。这个女孩子总是在不合适的时间打来问候电话。凌晨四点打电话，跟我说晚安。我敷衍着挂了电话，想要擦一下脖子。这时，允淑从手提包里拿出带镜子的化妆盒。我照了照镜子，左边脖子上真的有道红色的口红印。她还拿出了纸巾。我用纸巾擦去口红的痕迹。纸巾上留下了无法否认的情事痕迹。还不如用手擦呢。我后悔了，却又为时已晚。我像初次登上话剧舞台的演员，手足失措。突然，赵允淑低下了头，肩膀开始抽搐。呜呜。我不知道她究竟为什么哭泣，只好不知所措地安慰。

"哎呀，赵作家，不，赵允淑女士，你怎么了？"

允淑继续啜泣，没有抬头。就连以时髦和风度著称的狎鸥亭洞居民似乎也忍无可忍，他们开始对我这个弄哭二十多岁女人的不惑男人指指点点。我快疯掉了。我挪到允淑旁边，搂住她的肩膀。允淑把头埋在我的肩上。想到BOSS西装要被眼泪浸湿，我的心情就很郁闷。我悄悄地把桌子上的纸巾塞到她的眼睛和我的肩膀之间。她猛地夺过纸巾，呼地擤起了鼻子。鼻涕又打湿了我的西装。我开始不耐烦了。

"你到底是怎么了？"

只要她不哭，我可以听她讲述和有妇之夫老套而新潮不伦之恋，可以请她喝酒，也可以在床上温柔地拥抱她。只要她不哭。她仍然哭个不停，于是我又想起了冰淇淋模特。

"导演。"

她终于从我的BOSS西装上抬起头来。我心怀感激，神情轻松。

"说吧，怎么了？"

"你不会生气吧？"

"不会。说吧。"

"导演……啊，今天有点儿冷，是吧？应该多穿点儿衣服才对。

我是说，我，我，我为什么会这样？啊，我，是的，我，好像爱上了导演。不，我可以确定，我爱您。我好像要发疯了。"

我似乎听到了飞机上的广播："飞机马上坠落，请各位祈祷。"咖啡厅天花板上不会落下氧气面罩。我六神无主，也不管BOSS西装会不会褶皱，把身体深深埋进沙发里。

前面我说过了，赵允淑是个美女。当然，我只说她在小说家中算是个美女，还没达到可以在音乐电视或电影中出演女主角的程度。她自己也很清楚。用时下流行的话说，她并不是为了走红而这样。那是为什么呢？真的坠入爱河了吗？怎么可能？她有学问，虽然是新人，但毕竟是小说家，而且年轻貌美。确实跟我上过两次床，可如果说因此就爱上我了，也的确有点儿滑稽。演员们偶尔会演戏，当然了，因为她们是演员。就像《当哈利遇上莎莉》的梅格·瑞恩，可以假扮高潮，分手的时候也会流露悲伤。她们虽然会抱着枕头说爱我，但都是谎言。她们自己知道，我也知道。我们之间存在看不见的同声传译机，辛勤地把爱的密语转换成商业用语。我只是装糊涂而已。参与者都很清楚，这是交易。只有小说家赵允淑不知道。这个不谙世事的笨蛋！

我真的很难相信这个女人会爱上我。这不行啊！我根本不想和爱我的女人合作写剧本。这样写出来的剧本能成功吗？我的全部意见都会在爱情范畴内被解读。如果我指出剧本的问题，她肯定会哭吧；如果我说我喜欢剧本的哪点，她会无限扩大，幸福一整天吧。不管发生什么事，我都要通过这部电影出道。在忠武路，能帮我写出好剧本的人只有赵允淑。只有她还不了解我的真面目。不，她是对我全然不知。我是垃圾。读到这里的人都会同意。她看到了粘在我后脖子上的口红,也听过从我嘴里进出的毫无教养的语言,也了解我酷似叫花子的时尚感。谁都能看出我只是个忠武路的寒酸浪子,辗转于各家电影院,靠耳濡目染学习,偶尔为新人拍拍音乐电视,动不动就提起往年导演部的无聊话题,欺负幼稚的新人演员,这就是我的常态。她却说爱上我了。就算她是单纯,也未免有些过分。男人和女人可以上床,但真正和女人结合却是困难的。

我的想法变成语言,朝她的耳边飞去。她默默地听完了,说:

"导演,你为什么要自虐?"

好久没听过这种话了。我一时摸不着头脑。自虐?哦,新人小说家赵允淑,看来你不懂得自虐这个词是什么意思。

9

我见到了制片公司的郑制片。

"导演,听说梗概已经写出来了。"

"问题不是梗概。"

"那是什么?"

"赵作家有点儿奇怪。"

"哪儿奇怪?"

"怎么说呢?啊,真的很荒唐,怎么办才好?"

"导演,看来你惹事了,要放慢进度才行。"

"不是这个问题。"

"那是什么?"

"她说她爱我。"

郑制片闷闷不乐。爱,爱,早已听够这个词了。

"情况很严重,她哭哭啼啼,没完没了。"

"肯定上过床了吧?"

我点了点头。郑制片托着腮,陷入沉思。

"赵作家多大了?"

"二十六岁。"

郑制片微笑着说:

"跟她一块儿过吧。她喜欢你,你也未婚。她还是女作家,不是挺好的吗?可以赚钱,又能在家工作。"

"别开玩笑了,电影怎么办?"

"对宣传也有好处啊。这个消息会在'演艺人中介'[①]悄悄地传开。导演和编剧在电影结束的时候决定结婚。反正这也是一部爱情电影,正合适。"

"如果电影失败呢?"

郑制片没有回答。天知道。忠武路酷似海龟的世界,并不是所有破卵而出的小海龟都能进入大海,很多电影在制片阶段就失败了。达到这种程度也算不错。我连这个阶段都没达到过,已经两次败在策划阶段。如果电影失败,那就只剩下我和赵允淑令人绝望

---

① 韩国 KBS2 的电视节目。

的婚姻关系。不过,我最难理解的是赵允淑为什么偏偏选择我。包括郑制片在内,没有人告诉我。我并不期待听到"如果我是女人,也会喜欢你"这样的话。我只希望哪怕只有一个人说,赵允淑这样做也不算离谱。这只是虚幻的期待。好像每个人都在说"你怎么惹出这么大型的事故",他们觉得不可能发生这样的事情。也难怪,我连自己都骗不了,怎么可能骗得了别人。

"郑制片,请你严肃地告诉我。"

"什么?"

"赵允淑为什么要这样?"

"喜欢你呗。"

"别开玩笑。像我这样的人,她究竟喜欢我什么?你知道的,我没拍过什么电影,长得也不帅,家庭条件不怎么样,没钱,也不年轻,不是吗?"

"你哪儿不好了?"郑制片绝对不会说出这样的话。他只是严肃地听着。他肯定在思考等会儿就要召开的另一部电影的策划会。

"说吧。"

"男女关系就是这样,谁也说不清楚,不是吗?说不定你们就是八字相合呢。"

"哎呀,不是的。"

我嘴上这么说,可也只能这样解释了。如果只有这个原因,那真令人绝望。

"不要太悲观了。说不定坠入爱河之后就能写出伟大的言情作品呢。其他作家想这样也未必做得到。"

10

一周后再次见到赵允淑的时候,她像刚从沙漠里回来似的,脸晒得黝黑。

"跟家里说好了?"

"是的。"

我们去了郑制片预订的位于杨平的酒店公寓。因为有了上周的表白,所以这次不像去工作,倒像在逃避爱情。我的心情很糟糕。多年以来我顺利地避开了这个泥潭,绝对不和这个圈子里的人玩爱情游戏。我不给别人留空子。她们都很狡猾,只要我稍微表现出交易的腔调,她们立刻就听懂了。允淑是小说家,对语言格外敏感,我以为她更容易听懂。这是我的错觉。真没想到她这么愚蠢。

把行李放在十五坪的公寓式酒店的客厅里,我坐到沙发上抽烟。酒店式公寓真的很奇妙,看起来就像想把所有人都变成家人的强迫症患者。不可思议的是,只要进入酒店式公寓,人们就会寻找属于自己的空间和角色,范本当然是家庭。赵允淑已经开始洗碗了。

"你干什么?"

"我要做饭。"

"制片经费里都包含了餐费,你不要太寒酸,出去吃就行。"

"为什么要去外面吃饭?"

她有时很固执。我拿出笔记本,连上电源线,检查状态。洗完碗,她坚持让正在用笔记本电脑打游戏的我站起来,拉我去了位于楼下的超市。她哼着歌，啦啦啦啦。她往购物篮里放东西，似乎无法阻止内心深处某种膨胀的东西。她把手放在锁骨位置，说道：

"哦，好幸福。"

我把啤酒和国产威士忌扔进购物篮。她惊讶地望着我。

"怎么这样看我？"

"导演很爱喝酒啊！"

"那怎么了？"

"很酷！"

我是三十多岁的男人，深知爱情是荷尔蒙异常分泌导致的病理现象。爱情，就像我们现在要制作的言情电影，那不过是骗小孩子掏钱时使用的青少年用品。这点我很清楚。我唯一搞不懂的就是在我面前哼歌的这个女人。

傍晚，我喝着威士忌和啤酒的混合物，说道：

"我们不是来过日子，而是来写剧本的。希望你不要忘记。"

"既写剧本，又过日子，岂不是更好？又不是永远这样。"

"不，还是光写剧本吧。"

赵允淑又抽泣了。

"你究竟为什么要这样？别说什么丘比特之箭这类陈腐的话，说些我能听懂的。坦率地说吧，你为什么总是张口闭口说什么爱情，折磨别人呢？"

"真的那么痛苦吗？"

"不，不是痛苦，而是妨碍工作。"

她把威士忌倒进啤酒杯，一饮而尽。已经第二杯了。她像下定决心似的，说了起来。她说得太长，乱七八糟，我只能归纳主要内容了。从酒店初见的瞬间，她就神魂颠倒。首先，那天我穿的套头衫很适合我的风格（周围人都让我把那件衣服扔掉）。我拿出房间钥匙放在桌子上的时候，她幸福得紧紧闭上了眼睛（我以为她喝醉了，可以把她带到房间里）。她说以前从没见过像我这样的人。综合她的意思，也就是说我是吉卜赛风格的艺术家的现身。她说，我是为了忍受忠武路这个地狱般的现实世界而沉迷于虚无的性爱和烈酒的，甚至连我经常流露的虚脱表情也是出于这个原因（她说自己的文学圈同事都是小气鬼，是不懂风度和浪漫的学究）。然而那些片面追求金钱的制片人认识不到我的价值，自恋的演员们傲气冲天，轻易不接受出演邀请。很多有才华的作家没有识别导演的慧眼，不肯把好作品交给像我这样的导演。我不知道她对电影界的了解开始于什么时候，然而这并不是真相。我从来没有拍摄赚钱的电影，所以制片人和投资人不肯投资给我，并不是因为对电影的见解与我不同，而是因为我没有能够赚钱的项目。演员们不肯接受我的出演邀请，是因为我没有可以拿给他们看的剧本。我没有剧本是因为制片公司不肯把散发着金钱气味的剧本交给我。同义反复。剧本作家为制片公司写剧本，而不是为导演写。只有坐在我面前的赵允淑不知道。当然了，如果她能为我写出绝好的剧本，那就万事大吉了。制片公司会出面找演员，演员们只要看到好剧本，也就不会吹毛求疵。赵允淑要做的事情不是证明我是被世界抛弃的不幸天才，而是写出能够吸引几百万观众进电影院的优秀剧本。还没等我告诉她这个事实，她就扑进了我的怀抱。尽管我不想，但我还是和她再度肌肤相亲。令人无奈的肉体监狱！在这个蚁狮洞穴里和陷入甜蜜痛苦的女人做爱，真的很有压力。我是痛苦和甜蜜的源泉。我一消失，矛盾就消失了。我又不能消失。我要尽情享受这个细长世界里的愉悦。我讨厌痛苦，也讨厌甜蜜。我突然强烈想念这两样都不需要的冰淇淋模特。

11

她写剧本草稿的时候，我走出酒店公寓，开车去了首尔。我去了初次见到她的那个图书馆。来的次数多了，图书馆也不再有暧昧的感觉。进门之后，我立刻奔向自己想要的书，就像没有前戏、没有爱抚、直奔主题的中年人的性爱。为什么我脑子里所有的比喻都和性爱有关呢？啊，我真的是垃圾。

我径直奔向定期杂志阅览室，目标是赵允淑获得新人奖的文艺杂志。我重新认真读了一遍她的小说。男主人公偷窥一个女人，然后坠入爱河。女人因为某种我无法理解的理由讨厌这个男人。于是，男人陷入极度的痛苦。最后，身为出版社社长的男人选择了自杀。男人留下了遗书。小说大量引用了遗书内容。这部分有点儿无聊，我跳了过去。本来就难读的遗书被出版社设计成更小的字号，为了增强笔写的感觉，特意选用了歪歪扭扭的字体。偷窥自己的男人死后，女人用刀划破了多年陪伴在身边的玩偶。我又读了一遍，觉得内容有点儿恐怖。尽管赵允淑没有偷窥我，然而结局还是令我不寒而栗。怎么回事？当时我为什么喜欢这部小说？现在看来，其实是个很俗套的故事。女人就像最近大部分小说里的主人公，习惯性忧郁，当然也是独居，没有朋友。后来无辜被剖腹的玩偶是她唯一的伙伴。她的职业在现实中也很少见。栽培食虫植物是她的本职工作，同时还做兼职电话销售员。有一天，男人（俗套的情节）"来买食虫植物，遇到了她，然后（幼稚的比喻）就像被食虫植物吸引的苍蝇"一样被她吸引。读到这里，看起来和我毫无关系。我不养植物，也没在出版社工作过，更不像小说里的男人那样认真。我在多少有点儿放心的状态下读完了这部小说，只是不知道为什么，心情不太轻松。到底想说什么呢？我突然对这部小说的主题好奇起来。凭我的能力根本弄不清楚。幸好这种文学奖获奖作品的后面都附有评审意见。我决定读一读。

两名严肃的评委和一名不是十分严肃的评委写下了两页左右的评论。我先读了看上去最严肃的评委的文字。他写完冗长的评审意见之后，说赵允淑的作品是近来罕见的严肃作品，尤其是捕捉主题和形象化的能力非常卓越。那位评委认为赵允淑小说的亮点在于"遗书"。我没有读的那部分竟然是作品的核心。我有点儿惊讶，还是决定读到最后。评委认为那篇遗书透露了小说的主题，这个主题就来自无法解释为什么偏偏是那个人的痛苦。虽然是韩语，我却一时无法理解。来自无法解释为什么偏偏是那个人的痛苦？我又翻开遗书那页看了看，果然理解了刚才的话。男人爱上了那个女人，然而他始终不明白为什么偏偏是那个女人。为什么偏偏是你呢？无法向任何人介绍，长相丑陋，微不足道的你，可是为什么你的魅力不曾凋落？因你而生的痛苦为什么持续得这么长久？折磨出版社社长的正是这个问题。

嗯,好书总是给读者留下深刻的思考。比起赵允淑的小说,评委的评审意见更有意思。这个主题为我们现在的关系提供了某种暗示。我们的什么?从赵允淑的态度来看,我们的关系并不符合这个主题。她无数次向我"表白",说是真心爱我,甚至连我爱喝酒也觉得很酷。你相信吗?我不相信!小说里的男人无法向自己或他人提供任何相爱的证据,非常痛苦。允淑不是这样。啊,长时间阅读高级文学,又读了评审意见,感觉头疼。我揪着头发。不过,好作品总是连答案也准备好了。只要读上百十来遍,多么复杂的语句都会弄清楚。读第三遍的时候,我明白了走向我命运的真相。我把那本叫做文学和什么的文艺杂志塞进裤子。从图书馆里偷文艺杂志的人恐怕只有我。即便出去的时候被人发现,说不定也会认为我是贫穷的文学爱好者而心生同情。这样一想,我鼓起了勇气,好不容易拉平鼓起的裤子,走出了图书馆。

12

她坐在笔记本电脑前,认真敲打着键盘。我把偷来的文艺杂志打开,递给她。

"这个长得像小学教导主任的评委的评审意见,你觉得怎么样?"

"什么怎么样?"

"你同意吗?无法解释为什么偏偏是那个人……什么的说法。"

赵允淑轻轻把头转向右边。

"怎么说呢?"

哎哟,这算什么回答。

"怎么说,同意就是同意,不同意就是不同意,什么叫怎么说呢?小说不是你自己写的吗?"

"自己写的就都明白吗?每个人都有不同的解读。"

"哎哟,自己写完了却不知道?"

"这是我的小说,我做不到客观。"

我坐在她旁边,呆呆地注视着她的侧脸。她并不介意,仍然聚精会神地凝视着液晶显示器。

"我觉得,你被这篇评论深深打动了,甚至觉得应该这样度过自己的人生。换句话说,等于是小说的续集。哇,太酷了,人生是小说续集,不是吗?"

"续集?"

"难道不是续集吗?"

"你究竟在说什么?说剧本吗?"

"不,你说爱我什么的,我一下子找到了灵感。这次的恋爱主题不就是这个吗?来自无法解释为什么偏偏是我的痛苦。把搞笑的痛苦留给我,你自己笑呵呵地观察,不是吗?"

赵允淑露出无比温暖的微笑,就像上了年纪的姐姐对待犯了小错误的弟弟。她伸出手,抓住我的手。

"不要自虐了。你比任何人都有魅力。"

我甩开她的手。不知为什么,我心里有种不祥的预感,觉得这场面可能会出现在她写的剧本里。

她摇着头,在我身边坐下。

"这种主题分析还是交给评论家吧。我们只专注于电影。电影有生命。你没看过《反对阐释》吗?我们打造一部杰作吧,携手踏上戛纳红毯。"

"剧作家是不会踏上红地毯的。"

"你可以踏上去,不是吗?这就足够了。"

我在铁制烟灰缸上捻灭了香烟。巨大的黑暗张开嘴巴。艺术之路为什么如此艰险?我深深地叹了口气。

"好的,知道了,我们一起努力。"

赵允淑涨红了脸。我站起身,打开落地窗,走上酒店式公寓的阳台,点着了香烟。我像到达蜜月旅行地后才得知新娘不是处女的年轻新郎,使劲吸了口烟,然后用力吐向杨平的天空。不知什么时候,她也来到阳台,从后面把我紧紧抱住,对我窃窃私语:

"导演,我爱你。"

圣诞颂歌

"难道不需要见个面吗？最早提出见面的是正植。原来你看过新闻了。跟中权联系了吗？好，那我联系他吧。"永洙挂断电话，小心翼翼地按下中权的号码。电话没有打通。家里没人，手机打不通。这个田鼠般的家伙，究竟去哪儿了？永洙把手机扔到沙发上，站了起来。"出什么事了吗？"妻子在厨房里眯着眼睛问道。她也感觉到了什么。"什么事都没有。我们在准备年终庆典。""哎呀，少喝点儿酒吧。这样下去说不定什么时候就倒下了。"永洙的妻子拿着垃圾袋，朝玄关走去。"我去扔垃圾。"妻子出去的时候，永洙继续给中权打电话，还是没有打通。不会是这家伙干的吧？永洙又给正植打电话。"是正植吗？中权联系不上。"沉默矗立，像电线杆俯视着两个男人。也许他们两个人在想着同样的事。不会吧……不会的，那个混蛋还不至于此。"当然了，是的。这种事是谁都能做得出来的吗？是的。那我们两个先见面？只能这样了。在哪儿见面好呢？好吧，就在那里。几点？四点？是不是有点儿不合适？好吧，五点。聊一会儿，然后吃饭。好的，OK。"永洙的妻子扔完垃圾回来。她的手里拿着红色的信封。"收到了这个，什么啊？""是啊，好像圣诞卡。""还有人给你寄圣诞卡吗?""唉,什么事情都有。"永洙的妻子把邮件扔给永洙,态度不太友好。往厨房走的时候,妻子的注意力仍然集中于贺卡。"不打开看看吗?"永洙悄悄地瞟了一眼贺卡。卡片左上角用小字写着"真淑"。"谁啊?"妻子问。"不知道。"永洙把信封撕了。圣诞老人像弹簧似的蹦了出来,同时发出类似八音盒的电子音乐。"嘀嘀嘀嘀嘀嘀嘀嘀嘀……Santa Claus Is Coming to Town。① 圣诞快乐!哥哥,是我,真淑。好久没这样过了吧。我说的是给你寄贺卡。"永洙的妻子忍无可忍,从厨房走向客厅。"到底是什么卡?"还没等永洙收起来,贺卡已经落到了妻子了手中。她的脸变成砖红色。"真淑?那个真淑吗?她为什么给你寄这种贺卡?看来你们正式交往了吧。见面了吗?什么时候见的面?嗯,你拿着这个卡片是让我看吗?你们两个在玩过家家吗?这个讨厌的音乐又是怎么回事?让我离开这个家吗?"永洙没有作答,默默地等待她的攻势结束。差不多安静下来的时候,永洙说:"打住吧。""什么打住?还没开始呢。""唉,我都知道了,你打住吧。""为什么让我打住?""真淑她,死了。""死了?什么时候死的?死人怎么寄贺卡?""几天前死的。"永洙从客厅茶几下面拿出报纸给妻子看。"在德侨胞,可疑的尸体。本月十五日,赶在年底短期回国的在德侨胞死于首尔沧川洞某旅馆,尸体被人发现,警察开始介入调查。中午,房间里仍然没有动静,服务员觉得可疑,于是发现了尸体。受害者的钱包和贵重物品都在,被锋利凶器残忍杀

---

① 意为"圣诞老人来到了镇上"。

害。警察由此判断，这是一起由仇恨或痴情引发的杀人案，于是以受害人身边的人物为中心展开调查。"永洙的妻子看着报纸，低头问丈夫："你见到她了吗？"永洙暴跳如雷。"你在说什么？我为什么要见她？你疯了吗？"永洙勃然大怒，声音粗糙、干涩。"没有就好。"淑敬起身去了厨房。站在橱柜前的妻子，看起来非常遥远，犹如广角镜头拍摄的人物。没有枪声的战争，没有谈判的休战，夫妇两个人不说话，各自埋头做着自己的事。永洙打开电视，淑敬做着厨房里的事。摘葱、洗安康鱼、摘黄豆芽的时候，淑敬从沙发前的茶几上拿过那张问题报纸，把豆芽袋子盖在上面。豆芽遮住了杀人事件的报道，但还是可以透过豆芽的根和茎看见报道。"在××胞，×疑的××。本月15日，赶在年底短期××的在德侨胞死于首尔沧川洞某旅馆，××被人发现，警察开始介入调查。中午，房间里××没有××，××员觉得可疑，于是发现了××。受害者的钱包和贵重物品××，被锋×凶器××杀×。警察由此判断，这是一起由仇×或××引发的×××，于是以受害人身边的××为××展×调×。"豆芽一根根摘干净，放进碗里，报道又恢复了原来的意义。真淑死了。有人进入她住的旅馆房间杀了她，而且是用锋利的刀。淑敬瞥了一眼坐在客厅里的丈夫。他轻轻咬着指甲，晃动着放在茶几上的脚趾。他显然正被不安包围。不会是他杀的吧？淑敬夸张地揉碎了手里的豆芽根，发出啪的一声。杀人是谁都做得了的吗？像他这种一无是处的人不可能准备好刀，闯进旅馆，做出可能改变自己一生的杀人事件。她对丈夫算是很了解的。她的丈夫从来没预订过电影票。简单说来，就是不善于做准备,而且也不是果断做事的类型。现在他们住的公寓,如果不是她,或许永远都买不到。"我反对欠债,"永洙摇着头,"坚决反对。""两千万算欠债吗?""欠债就是欠债。""又不是让你还?""那谁来还?""当然是我还。"一旦因为金钱问题发生意见冲突,他就会问这是谁的钱。这样的人不可能伤害真淑。他是多么胆小。会不会是真淑向他要钱?不会的。真淑怎么可能这样。即便如此,会计科长郑永洙也不可能持刀闯入旅馆房间。可是万一,真的是他做的呢?如果他真的杀了人,而且是用刀把人砍死,是的,至少要判无期徒刑。这样的话,这个公寓和财产的所有权自然归于我的名下。两个人的婚姻无法继续,很快就可以离婚。造成婚姻无法持续的责任在丈夫,应该不会有任何问题。从道义角度来看,自己要支付律师费。这也是没办法的事。情面上的事情还是要做。如果他遭遇交通事故死得干干净净,因为他还买了终身保险,当然是锦上添花。这个还不能期待。啊,菜刀的刀刃划过她左手食指的指甲。没有受伤,她感觉到了刺痛。我究竟在想什么呀。她摇了摇头,联想转向旅馆房间里流血倒地的真淑。看到自己的身体里流出那么多血,心情会怎样?会不会像服用安眠药时那样意识模糊?这个小太妹。真淑没读完一年级就被赶出了宿舍,原因是无故夜不归宿,累积达到三次。学校里盛传她和男人上床的谣言。这种谣言的主人公中当然也有永洙。丈夫对这个谣言矢口否认。胡说八道,我和真淑的关系并不密切,只是认识而已,她认识的男人岂止两三个。真淑住在淑敬对面的房间。只有一次,是的,只有一次。淑敬把摘好的豆芽倒进锅里,嘴巴紧闭。淑敬偷过真淑的内裤。女贼们喜欢男性关系复杂的真淑的内裤。我不一样。淑敬摇头。我偷内裤的原因。淑敬抬头望着天花板。不知道，谁到现在还记得这个？那条内裤怎么处理了？可能扔进垃圾桶了吧。是的。宿舍里接连不断地发生盗窃事件。每天都有人偷东西。她也丢过不少化妆品、内裤和手表。淑敬觉得某一件说不定到了真淑手里。这个肮脏的女人。随便和男人上床、小太妹、垃圾，所以她有很多漂亮内裤。"你的那些内裤都从哪儿买的？"有人问她的时候，真淑用她特有的木讷语气说："别人送的。"送内裤做礼物，内裤也可以做礼物，这个事实太震惊了，宿舍里的女人们瞠目结舌。"什么礼物？""嗯，这个是生日礼物，这个是圣诞礼物。"被她说成圣诞礼物的内裤上真的画着圣诞老人。"她是不是傻子啊？"淑敬回到房间，这样问室友。室友不假思索地说："她？不就是傻子吗？你知道她外号叫什么吗？自动售货机。""谁说的？""我认识的哥哥说的，在他们系都很有名。""她不知道？""可能不知道吧。"过段时间之后，有人把别人的评价告诉了她。真淑沮丧了几天，最后还是恢复了原来的样子。她真的美貌过人吗？也不是。她相貌朴素，胖乎乎的，看起来像乡村火车站站长的养女。这样的真淑，怎么会和那么多男人鬼混呢？淑敬想不明白。她又把头转向铺在厨房地板上的报纸。可疑的尸体。究竟是谁杀死了真淑？离开韩国的十几年间，真淑身边应该也有无数男人，也许是其中某一个吧。如果真是丈夫所为，是的，肯定会混乱很久。警察和记者闯进家门，搜查，婆家人会来摆开阵势。啊，好像挺有意思。成为杀人犯的妻子也是难得的体验。你丈夫是如此凶恶的犯人，你一点儿也不知道吗？各种女性杂志纷纷采访。我的丈夫是杀人犯！多么精彩的头条。和杀人犯过夫妻生活，和杀人犯共用晚餐，和杀人犯蜜月旅行，一切都让人们感到好奇。她想着这些的时候，丈夫在做外出准备。"你要去哪儿？""我出去一会儿。""我问你去哪儿？""正植不是打电话来了吗？我去和他见面，一起吃晚饭，很快就回来。""我刚才就开始做蒸安康鱼，你没看到吗？再说你和正植君见面做什么？啊，真淑死了，你们想去吊唁吧。嫖友们聚会，吟诵悼词？"永洙没有回答，穿上外套，戴上围巾，把鞋拔子塞进鞋和脚后跟之间。永洙小声反驳说："你说完没有？"淑敬还想再说什么。这时，门咣当关上了。她把勺子扔进洗手池。混蛋。背着辱骂离开家门的永洙，把沉重的身体塞进停在门前的汽车里。肚子凸出到安全带之外，盖住了安全带。丑恶的身体。汽车咣当咣当驶出小区，行驶在路上。每当遇到红灯停车的时候，永洙都给中权打电话，总也打不通。赶到约定场所，正植已经到了。他的脸上仿佛要刮沙尘暴。正植用眼角的余光看了看永洙，小声说道："喂，我们是不是不该见面啊？"服务员面无表情地推过菜单。"我要咖啡。""啊，随便，好吧，美式咖啡。""喂，这是什么意思？我们犯罪了吗？我们为什么不能见面？"正植剥掉糖果外皮，拿出糖果，塞进嘴里。"不是这个意思，妈的，不是容易引起怀疑吗？""仔细想想，我们的确没有不能见面的理由。哎呀，不过那些王八蛋是不是警察？"正植指着坐在角落的几个男人，问道。"好像不是。警察不穿西装。""也有穿西装的。"永洙的咖啡上来了。呼呼，一口热乎乎的咖啡进入永洙口中。"不会是……你吧？"永洙目不转睛地盯着咖啡杯，问道。"我可以发誓，"正植粗鲁地滚动着嘴里的糖果,"杀害真淑的人不是我。""那是谁呢?"两个人的视线第一次在空中相遇。"也可能是那个混蛋,中权那小子。他在分居吧?""哦,哼。"永洙这才意识到自己没往咖啡里加糖。他心不在焉地倒了两勺白糖。"分居和杀人有什么关系?"正植小心翼翼地反驳,看起来很没有信心。"那个混蛋,听说去年做生意也失败了?""什么生意来着?""炸鸡连锁店,卖炸鸡,白天卖咖啡和烤串。就是这种生意,我也不太清楚。生意失败后,他和老婆就分居了。""那个混蛋,以前和真淑同居过吧?""什么同居,也就是上过几次床。真淑偶尔会去那个混蛋的出租房。永洙你不是和中权合租过吗?是吧?""啊,等一等,有过几个月。真淑有点儿淫荡。与其说是淫荡,倒不如说是有点儿傻。啊,听说是用刀刺进去的,哪个家伙干的呢?有必要用这种方式置她于死地吗?只要勒住脖子,她就会窒息而死。""呼,我也这么想。你戒烟了吗?""嗯,前不久刚戒。""狠毒的家伙。戒烟的家伙和玩 GOSTOP 时总是得到'光'①的家伙,绝对不能理会。""你也戒烟吧,臭小子。戒掉之后感觉很好。""现在这种情况,我能戒烟吗?""这种情况怎么了?对了,警察没给你打电话吧?""还没有。你呢?""没有。""我们见面的事,警察不知道吧?""当然了,不可能知道。他们怎么可能知道。啊,真不该出来。我以为你和中权都来,这才出门,结果这算什么?"两个人露出悔恨的表情,良久无语。"那天夜里出的事吧?""好像是的。""也就是说,真淑跟我们喝酒之后回了旅馆,不是吗?在那

---

① GOSTOP 是韩国的纸牌游戏,"光"是最大的牌。

里应该见到了别人。也可能有人去找她,或者她叫了别人去旅馆。会是谁呢?""不知道。她的男人可不少呢。"正植眯着眼睛问道:"那天你直接回家了吧?"永洙粗鲁地把烟扔进烟灰缸。"你在怀疑我吗?""不是,随便问问,想知道你那天是不是直接回家。反正这件事现在很麻烦。""什么麻烦?警察肯定会调查她的手册,不是吗?""那么她的约会记录就会暴露,甚至连电话号码也会调查清楚。"永洙重新拿起放在烟灰缸上的香烟抽起来,说:"有什么好担心的,反正我们没有犯罪。""可我后天要去国外出差,如果警察发现我的名字,想要调查我,却发现我去海外出差了,肯定最先对我产生怀疑,不是吗?是这样吧。""这个嘛……说不定已经下达了禁止出境的命令。""啊,那我就完蛋了。关于这次海外出差的业务,除了我没人了解。如果我不去,家具展览会的出品协议就毁了。你知道这个问题有多严重吗?我怎么跟公司交代?受杀人事件连累而禁止出境,只好放弃这次的展览会,我要这么说吗?十几年前认识的女人回国,跟她喝酒,结果当天女人死了,倒霉的我被禁止出境,我要这么说吗?"永洙抬起手,打断了正植。"你为什么冲我发火?又不是我禁止你出境。现在还不知道你是不是被禁止出境了,不是吗?你要冷静。不管怎么样,你老婆还不知道这件事吧。因为那张该死的圣诞卡,现在……""等一等,贺卡?什么贺卡?""真淑往我们家寄了贺卡。我老婆看到了,暴跳如雷。真搞不懂她为什么会大惊小怪。我又没跟真淑睡觉。""不是睡过吗?""什么时候?""以前。""那是以前的事。""这个先不说了,你再说说贺卡吧。装在红信封里吗?""嗯,是红色。""她又不是青春期少女，这是干什么？寄什么圣诞卡？"正植猛地站起来。一波未平一波又起。"出门的时候我看了眼信箱，里面有个红色信封。我以为是广告，就没理会。妈的，难道是真淑寄给我的？臭女人，临死了还搞这套。我先走了。"正植走出咖啡厅，从前台拿了几块糖果，刚上车，就往嘴里塞了一块，还没等用舌头滚动几下，糖就被磨牙嚼碎了。正植开车回到十分钟距离的家。圣诞卡，幸好还在信箱里。虽然正植的妻子不认识真淑，但她肯定也不会喜欢这张贺卡。正植拿出信箱里的贺卡时，有人来到他身边。"李正植先生？""啊，是的。""跟我走一趟吧。""你说什么？在家行吗？""喂，李先生，你以为自己是什么大人物吗？怎么可能在家里接受调查？"正植跟着他们，默默地走向他们的车，突然停下了脚步。正植轻轻抽出被他们抓住的胳膊，力气不大，不至于让他们误以为是逃跑。然后，正植朝邮箱走去。啊，我把这个放回去，可能是寄给我妻子的。正植手里拿着真淑寄给她的红色贺卡。一名警察让正植上了车，另一名警察大步流星地走到邮箱前，拿出了重新塞进去的贺卡。"你为什么翻看别人的邮件？还不放回去？喂，我会控告你的。你有调查证吗？"警察对正植的抗议置之不理，把圣诞卡塞进内侧口袋，然后坐上副驾驶位置。"好了，走吧。"载着正植的汽车慢慢地驶出小区。"原来是受害者寄来的邮件。"坐在副驾驶座的警察笑着说。他显然为自己发现了受害者的痕迹而开心。"戴上手铐。"副驾驶座的警察做出指示。后排的警察往正植手上戴了手铐。原来他们怀疑自己毁灭证据或者逃跑。正植的态度软了下来。"不要这样，我没犯罪。我问你们，你们到底为什么这样对我?"车里的警察谁都不回答。就像搬运可乐箱的工人不跟可乐瓶对话、牛市的捎客们不跟牛说话一样,警察们也不和移送途中的犯罪嫌疑人说话。到了警察署,警察们把正植带到重案组。他们让正植坐下,正式开始调查取证。黑暗的房间,摇曳的白炽灯,打字机,这样的情景仅仅存在于电影里,并不存在于现实中的警察署。乍看上去,警察署和税务所差不多。神情卑微的普通人在无聊的职员面前努力说明自己的情况。"年龄?职业?"正植如实回答每个问题。不,他是为了给警察留下这种印象而努力:我,没有任何隐瞒,也没有必要隐瞒,你们尽管问吧。这样的战略似乎并不成功。他越想留下这样的印象,越是觉得自己所有的回答都像牵强的辩解。就像某个寓言,他感觉从自己嘴里蹦出的单词变成了蛇和青蛙。"真淑是我以前认识的女人,仅此而已。现在不是流行同学聚会吗?她出国多年,这次赶上她回国,也顺便见见老朋友,于是大家聚会。我为什么要往久违的同学胸前插刀?""为什么?好好想想吧,"警察隔着笔记本的液晶屏幕呆呆地看他,呵呵笑着说,"'这个该死的女人,应该杀死她',这话你说过吧?""什么?你说什么?啊,这个……警察先生,你有糖果吗?我前不久刚戒烟。你抽烟吗?啊,那你应该了解这种脱瘾症状。真要命。如果连糖果也没有,我会流口水的。如果你有糖果,请给我……"警察摇头,然后缓缓地,一字一顿地重复说:"'这个该死的女人,应该杀死她',这话你说过吧?""是的,不过那只是气话。早知道她会死,我就不会说这种话了。""那天你和郑永洙、朴中权,还有受害人赵真淑饮酒,分手之后,你去了赵真淑下榻的旅馆吧?"正植抬起头,痛苦地吐了口气,说道:"警察,如果没有糖果,可不可以给我一支烟?"警察递给他一支香烟。正植露出变节者特有的卑微神色,粗鲁地抽起了烟。"因为那个该死的女人,我戒掉的烟又重新抽起来了。去了,去了。但是,警察先生,您没有这样的时候吗?如果没有,那就没办法了。我和真淑本来就是这样的关系。我们以前参加过同一个社团,喝酒的时候,我们会悄悄溜出来,在旅馆之类的地方再次见面。您应该知道吧?""不过那天,朴中权先生比你更早去过了旅馆。""这些您是怎么知道的?中权不会也在这里吧?""这个你不用问,嗯,问什么你就答什么。""呼,警察先生您不了解我们的关系。说了您也不懂。真淑她,以前就是我们三个人的共有物。起先我们也不知道,后来喝酒的时候才知道。也许是永洙那小子先说出来的吧,反正我们都知道了。同一时期,我们都跟真淑上过床。面对这种情况,男人会有两种选择。第一种选择是全都放手,换句话说,就是共同警备区。哈哈。如果真淑再稍微坚定点儿,端庄点儿,我们也会这样做。问题是真淑这个女人有点儿傻。她有多傻呢?我和她第一次做那个的时候,她竟然以为进去的是我的手指,根本没有脑子。真不明白这样的人怎么能考上大学。啊,第二种选择是当作从来没有过这个女人。现在也没有,谁也不再提她,所以关系还在继续。当然大家不能同时见面。那个女人就像幽灵,还是那种谁都看得到的幽灵。这就有麻烦了。是的。看来您现在理解了。因为这个女人不存在,虽然我们共有这个女人,却不会发生任何问题。以前农村有很多这种事情。哪个村子里都免不了有个混账女人。从七十岁的老头到十五岁的男童,一个也不放过。即便这样，村子里照样风平浪静。我们就属于这种情况。"电话铃响了，警察拿起话筒："是的，知道了。"又对着正植："不要再说了。"正植最后说的这些内容，警察根本没记录。没有哪个警察闲到听他胡说八道的程度。审讯记录上除了明确的事实，不能记录其他内容。不过警察还是耐心地听他说完。这是因为他已经在审讯记录上填完必要事项，正在等待国立科学调查研究院的现场监察结果。结果不同，需要制作的审讯记录的内容也不同。提前写完等于徒劳。终于，他等待的第一轮监察结果出来了。警察用坐在面前的嫌疑人听不懂的语言问对方："是谁？是吗？确定吗？知道了。"警察挂断电话，拉过笔记本电脑，问正植："不是你杀的吧？""哎哟，我为什么要杀她？""那你为什么说'要杀死那个女人'？"警察轻轻地嚼着火柴棍，问道。"那是开玩笑。""你经常开这种玩笑吗？"一根火柴棍断了。正植摆了摆手，露出讨好的表情。"离开旅馆后，你又叫来朴中权先生，继续和他喝酒了吧？一边喝酒一边说了这句话，对吧？""是的。""朴中权先生也说自己的人生被这个女人毁了，还说刚才就是为了杀她才来，对吧？""是的，也许是吧。""朴中权先生为什么认为自己的人生是因为死去的受害者而毁掉了？""中权，这个混蛋有问题，这个混蛋对真淑有点儿，啊，妈的，很搞笑，这个混蛋好像真的有点儿喜欢真淑，喜欢这个傻乎乎的女人。十年前我们之间出现裂痕也是因为中权。那时我们都毕业了，永洙通过了注册会计师考试，到会计师事务所上班，我也找到了工作，又要进修，很忙。过了很长时间大家才见面，顺便庆祝他就业。那天，中权这个混蛋，其实没喝多少酒，突然举起刀乱来。我以为自己死定了呢。他说要杀死所有人,如果我们再碰真淑,他绝对不会放过我们。妈的,谁愿意招惹这个讨厌的女人啊。我们去了她也没意见,所以就到她那里睡一夜。要是换您,有这么个女人,您会不去吗?难道中权这小子没去过吗?我和他一样,现在,他却说自己是爱,我们是玩弄。哪有这么不讲道理的啊!其实中权这个混蛋也很可怜。毕业之前,他只跟真淑有过交往。那也不能拿刀对准自己的朋友啊。这个混蛋太鲁莽了。不,我不是说他杀了真淑。生意失败了,老婆和他离婚了,他肯定很抑郁。""不是离婚,是分居。"警察纠正他。"原来您都知道了。"正植使劲咽了口唾沫。怎么会流口水呢?正植担心自己咽唾沫的声音会被警察听见。这样担心的时候,他又开始担心自己为什么要做这种无谓的担心。警察向他传达了福音。"好了,你现在可以回去了。短期之内不要出远门,因为你还没有彻底解除嫌疑。"正植迟疑着想说什么,最后什么也没说,直接站起身来。他大概想说明天要出差的事。现在,当务之急是顺利离开警察署。事实上,他对永洙说的国际家具展览会的事很大程度上是吹牛。他随时随地都夸张自己的能力,暗示自己的缺席可能带来的破坏性状况。怎么可能因为他不参加就导致国际家具展览会泡汤呢?这是永洙听他这么说之后的想法。正植慌忙回去收取邮箱里的圣诞卡之后,永洙喝着重新添满的咖啡,在咖啡厅里坐了很久。不知为什么,他不想回家。总感觉警察就潜伏在他家附近,注视着自己的一举一动。比起警察,妻子淑敬对自己和真淑的事情,态度更加尖锐,她会用尖锐的语气刨根问底。上学的时候也是这样,只要提起真淑,淑敬就露骨地表现出不悦。"我知道你每次和我睡觉的时候,都会把我和她比较。我和她没什么两样,你不会这样想吧?"每当这时,永洙都不遗余力地哄淑敬。其实真的没什么两样,不是吗? 如果说有什么不同,那就是你只和我一个人上床。他心里真是这样想,因此更难辩解。"我和真淑什么事都没有,你为什么总是这样?""既然什么事都没有,为什么每次说起她你就冒冷汗?"淑敬也不甘示弱。当然了,跟淑敬争吵期间,永洙也和真淑保持肉体关系。偶尔他也好奇,真淑为什么要把自己塞进这种生活里?"说起来是这么回事;"从德国归来的真淑回答了他的疑问,"那时的我,觉得自己什么都不是,你们叫我怎么样我就怎么样。是的,我是抹布,我觉得自己就是抹布。这样一想,就没什么不能做的了。只要你们不强奸我,就是保持最起码的礼节,那就什么问题都没有。有人劝我,说不能这样,这个人就是我现在的丈夫。""那个德国鬼子?""是的,他是德国人。他对我说,你是高贵的。哦,天啊,我第一次听见有人这样说我,竟然说我不是抹布,还说我高贵。我老公是绿党杜塞尔多夫分部的部长,你知道吗? 我当然也是绿党党员。我回国的时候,有个杂志说我是环境运动家,嗯,这不是真的。我只是绿党党员罢了,并不是严格意义上的环境运动家。绿党也变了很多。你说我变了? 这个嘛,我总是着急。我在德国的时候,经常听说韩国正在迅速变化的消息。苏维埃灭亡,泡沫荡漾。我又很担心你们,韩国社会发生了多少变化,自己是否能够适应。回来一看,发生变化最多的人是我。你们还是原来的样子。"她冷静地总结着自己的十年岁月,永洙的脑海里只有一个想法,那就是现在不能再和这个女人上床了。心里这样想，说出口来的却是这样的话："你变得好聪明。"真淑摇头。"是你们把我看成傻子。是的，对，我是傻子。你知道你们自己是什么样吗？二十岁出头的你们。不要生气，反正都是过去的事了。""是的，嗯。""你们就像憋着屎的小狗。你们没能力为别人考虑。你们厌恶被欲望折磨得痛苦不堪的自己，没有余力同情和安慰别人。你们自以为是地爬进我的出租房，十分钟就射精，然后像贼一样爬出去，觉得自己变成了游击队员。""我知道了。别说了，我错了。"永洙打断真淑的话。真淑很平静。"我说这些并不是让你向我道歉。你们有什么好道歉的？那时候的我把自己当成抹布，这才是最大的问题。女人把自己当成抹布，谁还能把她当人看？你们把我当成白痴了，我只是想纠正这点。这种想法也是去德国之后才有的。"瞬间，永洙产生了明显的杀意。是的，这是事实。她是会走路的录像带。这个录像带里如实收录了他从前的丑恶罪行。只要她按下播放键，嗖嗖嗖嗖，即使没有电源或电视，画面和声音也会流淌出来。她说这些的时候，永洙的脑海里盘踞着强烈的杀人冲动。他在想象中用刀搅动她的内脏，或者用枕头蒙住她的脸，使她窒息，或者带她到楼顶，冷不丁地把她推下去。最令他陶醉的是锋利长刀刺入沉睡女人胸口的想象。鲜血喷泉般涌出，整个房间里散发出血腥味的时候，他换上准备好的干净衣服，悠然自得地离开。每当鲜血涌出心脏，真淑就喔喔地满口吐血。对不起，我也不想这样。你就不该回来。我们三个人都过得很幸福。生儿育女，买房子，周末逛易买得超市。我们忘记了曾经共同拥有一个女人的从前。你应该消失。当然，这都是想象。永洙什么也没做。还没等他继续发挥想象，中权和正植就出现在了约定的场所。四个人的尴尬聚会开始了。三个男人对于真淑的出现都感觉很不爽。他们有着同样的利害关系。他们从来都相信她已经彻底消失了。他们感谢她，一毕业就远走他乡。甚至连她消失的事实，他们都忘到了九霄云外。又怎能轻易接受年轻时代的白痴少女变身为环境运动家归来的现实？而同时被她召集起来的滑稽状况更令他们难以忍受。是的。如果他们之间存在"权力"，那么这种权力关系已经发生了明显的变化。现在是她召集他们三个，主持聚会。只有这样才会发生这种情况。她对他们三个人了如指掌。但是，他们对另外两个男人以怎样的方式和真淑发生关系都毫不知情。他们只能猜测。现实中分明存在、他们却以为不存在的某种东西被真淑公布于光天化日之下，使他们不得不承认。主导权理所当然地转移到了真淑手里。尽管他们没说，然而那天也许他们都对真淑，对泰然自若地暴露他们耻辱的真淑产生了杀意。当真淑被杀害的时候，他们都不得不缓缓地盯着自己的手。会不会是我，不知不觉地举起了刀？昨天夜里，我真的乘坐出租车直接回家了吗？在这期间，真淑在他们的梦里多次被害。她血流不止。无法赎罪。没有犯过的罪行无法忏悔。没有杀人，谈何忏悔。为了对抗现实权力的逮捕，也就是万一被警察调查，为了不说错话，他们平时也绝对不肯赎罪。因此，他们在梦里付出了代价。他们总是做噩梦。不，醒着时也像梦里一样可怕。心情忐忑地到达自己家门口的时候，永洙悄悄地回头看了看。他感觉有人在监视自己。这已经近似于迫害妄想症了。他仔细看了看四周，然后按了门铃。门开了。家里散发着豆芽的腥味。妻子默默地开门，回到客厅，坐到电视前面。"有没有电话找我?"永洙问道。"嗯,有人要给你打电话吗?没有接到什么电话。"淑敬闷闷不乐地回答。"同谋会议顺利结束了?"淑敬讽刺地问道。永洙想发火,但是忍住了。淑敬仍然不肯罢休。"警察到现在还没有闯进我们家,看来智能罪犯的确与众不同。"这次永洙忍无可忍,他走到淑敬面前。他的脸变得狰狞。淑敬也不能不害怕。"把电视关了。"淑敬抗议:"为什么要这样?""我让你把电视关了。"淑敬关掉电视。永洙回到卧室,躺上了床。淑敬又打开电视。有线新闻频道正在播放新闻,只是不再是沧川洞旅馆杀人案的报道。新闻紧张地播放着风险企业的巨额非法贷款事件和银行结构调整状况,仅此而已。淑敬站起来,朝躺在卧室里的丈夫走去。"要不要休息几天,去外地玩?哪怕回老家也好。"永洙猛地站起来。"你为什么总是这样?那是罪犯才做的事。我只是跟真淑喝过酒,除此之外,没有任何过错。仅此而已。"淑敬眼睛一亮。"酒?你们喝酒了?和真淑?啊哈,这是什么时候的事?"永洙低下头。"十五号。""十五号?那不正是真淑死亡的日子吗?你这样待在家里真的行吗?"永洙猛地抓住淑敬的头发,把她推倒在床上。"啊啊啊。"淑敬大声尖叫。"好,你杀了我吧,杀了我吧。多杀一个人有什么两样?"永洙爬到淑敬身上,按住她的脖子。"咳咳。"这种状况没有持续太久。"废物。"淑敬推开永洙站起来,像吐口水似的冷冷地说了这两个字,就走出了房间。永洙躺在床上想,我连真淑的指尖都没碰,我们夫妻之间怎么会闹成这个样子?我真的没有理由觉得自己犯罪啊。"混账女人。"这句脏话是冲着妻子淑敬说的。至少在老公陷入危机的时候温柔点儿,不行吗?智能罪犯与众不同？难道你真的希望我杀了人？真是的。我要不要移民？偷偷地挪走全部财产，悄无声息地到达梦想之地加拿大。混账女人，到时候还能这样气势凌人吗？正在这时，哔哩哩哩，永洙的手机响了。正植。他的话很短。"打开电视看看。"永洙慌忙找来遥控器，打开了卧室里的小电视。七频道。画面上出现了五花大绑被拖出来的中权的身影。这是最后的画面，新闻结束了。他无法准确了解事件始末。"怎么回事？"永洙问道。"新闻说了，中权是凶手。"永洙机械地反问："中权为什么要杀她？"正植的声音有气无力，似乎在紧张退却后稍微有点儿遗憾。"不知道，警察说因为不肯和他见面而心生怨恨，于是犯下罪行。你也知道，那天我们不是一起喝酒了吗？""啧，"永洙咂了咂嘴，"也许是因为没有单独和他见面吧。总之，中权这个混蛋，他算彻底完蛋了。""完蛋的岂止是他？真淑好久没回国，刚回来生命就终结了。你这个臭小子没事吗？你老婆不是都知道了吗？""怎么可能没事？不过，你不用担心。可是很奇怪，我们为什么这么别别扭扭？王八蛋，我手上一滴血也没沾。"正植恼羞成怒。"谁手上沾血了？人生就是王八蛋，不是吗？我好几天都没睡觉，差点儿死了，现在终于可以安心睡觉了。好了，再联系。"电话断了。永洙走出房间，走向闷闷不乐地盯着电视的妻子。他温柔地说："喂，马上就到圣诞节了，要不要去商店买棵圣诞树？"妻子满脸惊讶，不知道他为什么突然说这些。永洙像传递福音的东方博士，用无比夸张的语调和手势说道："真淑是被中权那个混蛋杀死的。刚才新闻里说了。妈的，混蛋，也不打个电话。让我白白担心！"淑敬盯着永洙的脸，半是遗憾，半是轻蔑，说道："你们真是了不起的朋友。"永洙按捺着愤怒，又说了一遍："要不要去买圣诞树？不去吗？"淑敬没有回答。"那就算了。"永洙气呼呼地去了卫生间。洗手的水红得像血水。我没有杀人。永洙抬头看了看镜子，一个大腹便便、眼角下垂的陌生男人站在身后，看着自己。"我说让你放下了吧！"淑敬发疯似的对孩子吼道。看来是孩子打开了真淑寄来的红色圣诞卡。紧接着传来妻子撕碎贺卡的声音。但是，内藏着音乐的中国产芯片里仍然流出电子音的圣诞歌。永洙不知不觉地跟着哼唱起来："圣诞老人知道，谁是好孩子，谁是坏孩子，今夜他会来。啦啦啦啦啦啦啦，啦啦啦啦啦。"淑敬从垃圾桶里翻出扔掉之后仍然响个不停的中国产音乐芯片，打开阳台窗户扔了出去。Santa Claus Is Coming to Town。圣诞歌将会一直响下去，直到电池耗尽。不过，那只是淑敬和永洙绝对听不到的单调旋律罢了。

最后的客人

"总得做晚饭吧,不是吗?"

英善摘掉粉红色的橡胶手套,冲着客厅方向问道。厨房和客厅之间摆放着只容两个人的核桃色餐桌。餐桌对面,正洙背对着她,在继续工作。

"吃什么饭啊,待一会儿就走。你不用管。"

正洙用戴着棉手套的左手擦着汗,说道。英善用干抹布擦了橱柜,然后抬起头,往洗手池左侧的窗户看去。窗台上偶尔会蹲着野猫,盯着他们的半地下室。每当这时,英善就把吃剩的鱼肉扔出去。最近,那些野猫很少来了。

正洙把细毛笔放在水桶里洗干净,英善把水桶拿到卫生间,将脏水倒进马桶,接了新水。

"为什么偏偏赶在今天来?深更半夜的。"

客厅的电视里正在播放巨济岛钟路观看普信阁击钟的人群。

"他可能也想看吧。"

"反正都是属猫头鹰的。啊,听说明年是猴年?"

英善拿来水桶,轻轻把手搭上正洙的肩头。正洙混合了好几种颜色的水彩，调成自己想要的颜色。

"你属猴吧？"

"嗯。"

英善二十四岁，毕业于以美术闻名的大学雕塑系。还没晾干毕业证书上的墨迹，她就和同系前辈正洙结了婚。他们结婚很早，甚至在发请柬的时候，很多朋友都以为他们在搞恶作剧。结婚之前，她在网络公司上班，做图像设计工作。丈夫经熟人介绍进入电影公司的美术部。在小型风险企业工作的英善很忙，正洙就更忙了，每天都要熬夜工作，没有哪部电影时间宽裕。那段日子，他每天都会带着锤子。有时用几天时间叮叮当当地制作出不错的场景，有时辛苦制作的场景没过几个小时就被拆毁了。美术部的工作就是这样，做得好别人看不出来，做得不好却很刺眼。听到的骂声远比赞美更多。英善觉得在那里工作浪费丈夫的才华，但是没有说出口。

一周前，正洙从画房买来材料，放回家里。

"这都是什么东西？"

"需要制作尸体。导演让我发挥专业特长。"

正洙最近跟的电影是一部讲述连锁杀人事件的悬疑恐怖片。剧本里总共出现了五具尸体，四具要通过对演员进行特殊化妆拍摄，另外一具交给美术部完成。给人体模特化妆之后，进行适度变型，看起来像真的尸体。正洙真的很努力。他动用了在雕塑系五年学到的技术和偷学自电影界的全部技巧，做成了像模像样的女高中生尸体。英善也抽空帮忙。人体模特穿的校服就是英善的。他们是新婚夫妇，婚礼上用过的鲜花还没有凋谢。像学生时代那样制作某种东西，这本身就使英善感觉幸福，即便做的是被杀女高中生的人体模型。

"导演什么时候来？"

"他说快到了。"

"他一个人来吗？"

"嗯。"

"他结婚了吗？"

"结了。几个月前他老婆去了新西兰，带着读初中的女儿。"

英善茫然地注视着丈夫的手上动作。他用深红色颜料画出从嘴角流向脖子的血迹。画到要求最细腻笔触的面部时，他很紧张。这部分肯定需要特写。腐烂变黑的颈部，即使在明亮的灯光下也很逼真。如果小偷闯进来，被人体模型绊倒，肯定会吓得心脏停止跳动。想到这里，英善嘿嘿笑出声来。

"笑什么？"

"不，没什么。啊，现在快完成了吧？"

"你也辛苦了。只要导演说OK，我们明天就开始休息。要不要去附近的温泉玩？"

"又不是老人，去什么温泉啊。"

"这不是新年了吗？"

英善看了看壁钟，快到夜里十一点了。正洙看了看人体模特，指了指脚部。

"哦，右脚弄歪点儿，太直了。剧本里说她是逃跑时摔断了脚腕。"

英善抓住女高中生人体模型的右脚，轻轻地拧了拧。没想到模型的脚很硬。她用双手使劲朝外拧脚腕。咔嚓，脚腕转过去了。不知为什么，英善的心情不是很愉快。就在这时，叮咚，门铃响了。正植停下手中的画笔，英善去开门。开门一看，戴着眼镜的导演站在门外。英善偶尔在报纸的演艺版面看过他，记得他的长相。

"快请进。天气冷吧？"

导演静静地把装有合成洗涤剂的塑料袋递给英善。

"这个你拿着。"

"拿这个做什么？"

"你们是新婚，空手有点儿……"

英善接过洗涤礼盒套装，放在餐桌旁。导演连外套也没脱，径直走向正洙所在的客厅。跟正洙互相点头行礼之后，导演就像重案组的警察，小心翼翼地低头观察横躺在客厅里的尸体模型。

"就是这个啊。"

"是的。"

英善悄悄地看着像搞恶作剧被人发现的小孩子似的涨红了脸的正洙。每次完成各种展览会作品的时候，正洙都是这样的表情。她对这种表情非常熟悉。导演却对正洙的表情没有兴趣。

"效果不错啊。"

啧啧，导演咂着嘴。英善看了看正洙的脸色，问导演：

"要不要喝杯咖啡？"

"啊，好的。"

英善把导演带到他们夫妇每天早晨都面对面吃饭的餐桌前。往餐桌前走的时候，导演的视线仍然看着客厅里的尸体。导演脱掉带帽的羽绒服，坐在椅子上。正洙也坐到了导演对面。

"哈，今年快过去了。"

导演看着贴在厨房墙壁上的日历，说道。

"谁说不是呢。"

正洙突然站起来，撕掉了十二月份的日历。原来挂日历的地方露出了空荡荡的墙壁。也许是被日历遮挡而没有落灰的缘故，看起来比周围更干净。

"肯定很辛苦吧？"

"哪里哪里。"

"第一次做尸体吧？"

"是的，不过比想象中困难。"

正植搔了搔头发。

"是啊。"

"导演也是第一次尝试悬疑片吧？"

导演没有回答，而是用双手抚摸自己的脸颊。他看起来很疲惫。英善从咖啡机里分离出咖啡壶，给导演和丈夫倒了咖啡。导演加了方糖，用小勺搅拌。稀里糊涂地站在旁边的英善拿来小凳子，坐在他们中间。

"大约什么时候上映？"

导演盯着英善。英善避开导演的视线，拉过餐桌上的糖罐。

"这个嘛，还要等拍摄完成之后再说。"

导演轻轻地耸了耸肩膀，拿起咖啡杯，喝了口咖啡。英善了解这种男人。无论什么事，态度都不透明，甚至把这当成是自己的魅力。他为什么离婚呢？有外遇了？她想了想，却没有得到答案。这时，导演的目光又回到躺在客厅里的女高生人体模型上面。正洙和英善的视线也随着他的视线移动。最后，三个人的视线都集中于身穿校服、流血倒地的女高生人体模型上。英善问道：

"完成得差不多了……您什么时候拿走？"

导演正视着英善的眼睛，缓缓地开口说道：

"在这里放几天，可以吗？"

"为什么？"

"带走也没有合适的地方。距离拍这个场面还有几天时间，办公室也很小……"

英善不由自主地皱起眉头，因为嘴角流血的人体模型令人不快。然而最让她放心不下的是丈夫的性格，只要作品放在眼前，他就要不停地修改。怎么办呢？没有地方可放。

喝完咖啡后，导演站起身来。他最后看了看横躺在客厅里的女高中生，然后在门口穿上了黑色皮鞋。他环顾四周，似乎想找鞋拔子，却又放弃了，直接把脚后跟塞了进去。

"这就要走吗？"

"新年快乐。正洙你也是。"

英善帮他开门。

"慢走。"

"再联系。"

沿着半地下楼梯走上去的脚步声响起，导演缓慢地移动着脚步。两个人小心翼翼地锁上门,尽可能不发出声音。然后,他们回到客厅,重新坐到模型旁边。英善呆呆地看着穿在模型身上的自己的校服。正洙在搅拌开始凝固的水彩。

"哎呀,你看这里,本来就是睁着眼睛的吗?"

正洙指着人体模型的眼睛。这样的玩笑不是一两次了,英善还是被模型的生动眼神吓了一跳,轻轻地颤抖。

"哎呀,你干什么?多吓人啊。"

英善瞪了正洙一眼,轻轻打了一下他的胳膊。喵,不知从哪里传来猫叫声。抬头看去,一只白色花纹的野猫蹲在窗台上面。英善走到窗边,看了看那只猫。以前没见过它。英善伸出手,咣当一声,粗暴地关上窗户。玻璃窗差点儿震碎了。就在这时,电视里传来播音员倒计时的声音。

当,当,当,伴随着三十三次沉闷的钟声,新年来临。聚集在钟路的十万人欢呼雀跃。烟花爆竹升入城市上空。直到这时,正洙的视线才转向电视,面无表情。英善站起来,拿起放在地上的遥控器。电视关了。黏稠如果冻的沉默轻轻降落在他们的半地下婚房,充满了他们的房间。新年了。

短经典精选系列

走在蓝色的田野上
〔爱尔兰〕克莱尔·吉根 著 马爱农 译

爱，始于冬季
〔英〕西蒙·范·布伊 著 刘文韵 译

爱情半夜餐
〔法〕米歇尔·图尼埃 著 姚梦颖 译

隐秘的幸福
〔巴西〕克拉丽丝·李斯佩克朵 著 闵雪飞 译

雨后
〔爱尔兰〕威廉·特雷弗 著 管舒宁 译

闯入者
〔日〕安部公房 著 伏怡琳 译

星期天
〔法〕伊莱娜·内米洛夫斯基 著 黄荭 译

二十一个故事
〔英〕格雷厄姆·格林 著 李晨 张颖 译

我们飞
〔瑞士〕彼得·施塔姆 著 苏晓琴 译

时光匆匆老去
〔意〕安东尼奥·塔布齐 著 沈萼梅 译

不中用的狗
〔德〕海因里希·伯尔 著 刁承俊 译

俄罗斯套娃
〔阿根廷〕比奥伊·卡萨雷斯 著 魏然 译

避暑
〔智利〕何塞·多诺索 著 赵德明 译

四先生
〔葡〕贡萨洛·曼努埃尔·塔瓦雷斯 著 金文彰 译

房间里的阿尔及尔女人
〔阿尔及利亚〕阿西娅·吉巴尔 著 黄旭颖 译

拳头
〔意〕彼得罗·格罗西 著 陈英 译

烧船
〔日〕宫本辉 著 信誉 译

吃鸟的女孩
〔阿根廷〕萨曼塔·施维伯林 著 姚云青 译

幻之光
〔日〕宫本辉 著 林青华 译

家庭纽带
〔巴西〕克拉丽丝·李斯佩克朵 著 闵雪飞 译

绕颈之物
〔尼日利亚〕奇玛曼达·恩戈兹·阿迪契 著 文敏 译

迷宫
〔俄罗斯〕柳德米拉·彼得鲁舍夫斯卡娅 著 路雪莹 译

奇山飘香
〔美〕罗伯特·奥伦·巴特勒 著 胡向华 译

大象
〔波兰〕斯瓦沃米尔·姆罗热克 著 茅银辉 易丽君 译

诗人继续沉默
〔以色列〕亚伯拉罕·耶霍舒亚 著 张洪凌 汪晓涛 译

狂野之夜：关于爱伦·坡、狄金森、马克·吐温、
詹姆斯和海明威最后时日的故事（修订本）
〔美〕乔伊斯·卡罗尔·欧茨 著 樊维娜 译

父亲的眼泪
〔美〕约翰·厄普代克 著 陈新宇 译

回忆，扑克牌
〔日〕向田邦子 著 姚东敏 译

摸彩
〔美〕雪莉·杰克逊 著 孙仲旭 译

山区光棍
〔爱尔兰〕威廉·特雷弗 著 马爱农 译

格来利斯的遗产
〔爱尔兰〕威廉·特雷弗 著 杨凌峰 译

终场故事集
〔爱尔兰〕威廉·特雷弗 著 杨凌峰 译

令人反感的幸福
〔阿根廷〕吉列尔莫·马丁内斯 著 施杰 译

炽焰燃烧
〔美〕罗恩·拉什 著 姚人杰 译

美好的事物无法久存
〔美〕罗恩·拉什 著 周嘉宁 译

魔桶
〔美〕伯纳德·马拉默德 著 吕俊 译

当我们不再理解世界
〔智利〕本哈明·拉巴图特 著 施杰 译

海米的公牛
〔美〕拉尔夫·艾里森 著 张军 译

对不起，我在找陌生人
〔英〕缪丽尔·斯帕克 著 李静 译

爱因斯坦的怪兽
〔英〕马丁·艾米斯 著 肖一之 译

基顿小姐和其他野兽
〔安道尔〕特蕾莎·科隆 著 陈超慧 译

在陌生的花园里
〔瑞士〕彼得·施塔姆 著 陈巍 译

初恋总是诀恋
〔摩洛哥〕塔哈尔·本·杰伦 著 马宁 译

美好事物的忧伤
〔英〕西蒙·范·布伊 著 郭浩辰 译

一切破碎，一切成灰
〔美〕威尔斯·陶尔 著 陶立夏 译

纵情生活
〔法〕西尔万·泰松 著 范晓菁 译

命若飘蓬
〔法〕西尔万·泰松 著 周佩琼 译

爱，趁我尚未遗忘
〔海地〕莱昂内尔·特鲁约 著 安宁 译

水最深的地方
〔爱尔兰〕克莱尔·吉根 著 路旦俊 译

石泉城
〔美〕理查德·福特 著 汤伟 译

哥哥回来了
〔韩〕金英夏 著 薛舟 译

他们自在别处
〔日〕小川洋子 著 伏怡琳 译

恋爱者的秘密生活
〔英〕西蒙·范·布伊 著 李露 卫炜 译

在奥德河的这一边
〔德〕尤迪特·海尔曼 著 任国强 戴英杰 译

当我们谈论安妮·弗兰克时我们谈论什么
〔美〕内森·英格兰德 著 李天奇 译

死水恶波
〔美〕蒂姆·高特罗 著 程应铸 译

一个自杀者的传说
〔美〕大卫·范恩 著 索马里 译